En attendant Doggo

MARK MILLS

En attendant Doggo

*Traduit de l'anglais
par Florence Hertz*

ÉDITIONS
FRANCE
LOISIRS

Titre original : *Waiting for Doggo*
Publié par Headline Review, an imprint of Headline Publishing Group

Édition du Club France Loisirs,
avec l'autorisation des Éditions Belfond.

Éditions France Loisirs,
123, boulevard de Grenelle, Paris
www.franceloisirs.com

ISBN : 978-2-298-09546-3

DOGGO WAS BORN IN A RESTAURANT —
DURING A LONG LUNCH WITH AN OLD
FRIEND OF MINE — AND LIKE DAN IN
THE NOVEL, I JUST COULDN'T GET RID
OF HIM. SO HERE HE IS !

Mark

Doggo est né dans un restaurant, pendant un long déjeuner avec un vieil ami – et comme Dan, je n'ai pas réussi à m'en débarrasser. Alors le voici !

Mark Mills

Sing like no one's listening, love like you've never been hurt, dance like nobody's watching, and live like it's heaven on earth.

Chantez comme si personne ne vous écoutait, aimez comme si vous n'aviez jamais souffert, dansez comme si personne ne vous regardait, et vivez comme si c'était le paradis sur Terre.

Mark Twain (1875)

Chapitre 1

«Mon cher Daniel,

«Pas terrible comme entrée en matière. Je n'avais pas l'intention d'être aussi froide. Ou peut-être que si, après tout. Je ne sais pas. Je ne sais plus grand-chose en ce moment de toute façon/de toutes façons (ça s'écrit comment, déjà? Tu saurais, toi). Merde, il faudrait que je recommence cette lettre, mais c'est déjà la troisième fois, et je dois filer à l'aéroport si je ne veux pas arriver trop en retard.

«Je m'en vais, loin, très loin. Je ne peux pas te dire où. Je voudrais bien, seulement ça ne servirait à rien parce que je ne sais pas combien de temps je vais rester. D'ailleurs c'est mieux pour nous. Non, c'est nul de dire ça. Si c'est mieux pour quelqu'un, c'est pour moi, pas pour toi, même si je suis sûre que tu vas parfaitement t'en remettre. Après tout, tu es un type solide et raisonnable, et puis tu n'as jamais été un grand sensible.

«On discutera de tout ça de vive voix bientôt, dès que je m'en sentirai le courage, ce qui, comme tu peux le constater, n'est pas le cas pour l'instant, autrement je ne serais pas sur le point de prendre l'avion pour l'Austral... oups! (Non, je blague. Tu vois, je n'ai pas perdu mon sens de l'humour

11

contrairement à ce que tu prétendais l'autre soir.)
D'accord, vu les circonstances, ça n'est pas très drôle.
Je t'imagine tellement bien, debout devant la table
en train de lire cette lettre… Je suis désolée, mon
cher Daniel chéri. Je sais que je suis lâche. Au moins,
j'aurai compris ça. Et pardon pour Doggo. Là, c'est
complètement ma faute. Je ne sais pas ce qui m'a
pris. J'espérais peut-être qu'il nous aiderait, qu'il
guérirait notre couple. Je sais que tu vas détester
ce mot comme tu détestes tout ce qui m'intéresse,
l'exploration de nos perceptions, les énergies et, si,
si, j'insiste, les anges.
«Moi, tu vois, contrairement à toi, j'y crois vraiment,
aux anges. C'est peut-être le truc qui cloche entre
nous. Je ne sais pas. J'aimais ça, chez toi, ton espèce
de tolérance bienveillante, cette douce ironie dans
ton regard. Maintenant ça me tape sur les nerfs. Ça te
donne un air cynique et content de toi, exaspérant,
comme si tu savais tout mieux que tout le monde.
Eh bien, non, personne ne sait tout mieux que tout
le monde! Il va peut-être falloir que tu travailles
là-dessus, comme moi je travaille sur mon manque
de courage. Au fond, peut-être que je ne peux vivre
qu'avec un mec qui croit aux anges. Ne t'inquiète
pas, je ne suis pas partie avec Brendon. Brendon est
un con. S'il n'y avait que vous deux sur Terre, ce
serait toi sans hésitation (si c'est pas un compliment,
ça!). Non, je suis partie seule, sans bagages, le nez
au vent. Il n'y a personne d'autre, à part Tu-sais-qui
– Celui-dont-on-ne-doit-pas-prononcer-le-nom,
comme tu l'appelles pour te foutre de moi. Tu
vas encore dire que je suis en plein délire, mais je
t'assure que je le sens, là, avec moi, à l'instant où je
t'écris, et qu'il me protège. Tu ne peux pas nier que
l'impression en tout cas est bien réelle (même si tu

avais raison et que les anges n'existaient pas, ce qui est loin d'être le cas!).

«Va rendre Doggo. Quelque chose me dit que tu vas le décrocher, ce job, et tu ne peux pas le laisser enfermé seul dans l'appart toute la journée. Ça ne serait pas bon pour lui, et puis vous ne pouvez pas vous supporter tous les deux. Est-ce qu'il est là, à tes pieds, en train de te mater avec ses drôles de petits yeux? Tout à l'heure quand je faisais ma valise, il avait un de ces airs méprisants! Comme s'il comprenait ce qui se passait. Je me fais des idées, ça n'est qu'un chien, un tout petit chien en plus, et laid comme tout. Enfin pas exactement laid, mais tu vois ce que je veux dire – pas franchement gâté par la nature non plus, le pauvre. Je crois que j'ai dû avoir pitié de lui quand je l'ai vu. Je regrette de lui avoir donné de faux espoirs, mais au moins il a vu du pays et puis ça lui a fait des petites vacances. Je l'aurais bien ramené au refuge moi-même, mais je n'ai pas eu le temps. Je me suis décidée très vite. J'ai su d'un coup ce que je devais faire, et je l'ai fait.

«Peut-être que c'est la plus grosse connerie de ma vie, mais je ne pense pas. Je crois qu'on était sur le point de prendre une décision qui n'aurait pas été bonne pour nous, en tout cas très mauvaise pour moi, et sans doute aussi pour toi. Il ne faut pas m'en vouloir, Daniel. Tu vas te sentir humilié, c'est sûr, mais dis-toi que ça aurait pu être pire. C'est vrai, quoi, ce n'est pas comme si je t'avais planté le jour du mariage. Et en plus, tout le monde dira que c'est moi la salope dans l'histoire, ça te facilitera les choses. S'il te plaît, n'essaie pas de me retrouver, et ça n'est pas la peine non plus de me téléphoner parce que je serai dans l'avion quand tu liras cette lettre.

13

« Amour et lumière

« Clara XXXXXXXXX

« P.-S. Je viens de relire cette lettre, et j'ai l'impression que je n'ai pas été tout à fait claire. Je te quitte, on n'est plus ensemble au moins pour l'instant, ce qui veut sans doute dire pour toujours, mais qui sait ? Il ne faut jamais dire jamais, hein ? J'ai besoin de m'ouvrir à d'autres possibilités (bon, d'accord, j'ai besoin de m'ouvrir à d'autres hommes). Je ne peux pas t'empêcher de faire ce que tu veux, mais si tu couches avec Polly, je te tue. Elle est jeune et vulnérable, et elle t'admire beaucoup, mais surtout c'est ma petite sœur, alors *non toccare*, comme on dit en italien (ça me rappelle la boutique de souvenirs à Lucca, tu sais, celle où tu m'avais acheté cette monstrueuse statuette de la Sainte Vierge en porcelaine parce qu'elle te faisait penser à mon père en travelo) X »

Je repose lentement la lettre sur la table d'une main tremblante.

Pas un grand sensible ? Cynique et content de moi ? Ah bon !

Je ne suis pas cynique et content de moi. C'était juste un petit jeu entre nous. On en a établi les règles ensemble : Clara s'emballait sur l'astrologie, les vies antérieures, les anges gardiens, toutes les idioties de ce genre, et moi j'incarnais la voix de la raison. On ne pouvait pas être d'accord sur tout, on en riait d'ailleurs, parce qu'on vivait quelque chose de bien plus fort. Ce qu'on vivait, c'était l'amour. Là-dessus, on était bien d'accord. Elle n'a pas le droit de changer les règles du jeu. On ne s'évapore pas comme ça du jour au

14

lendemain au bout de quatre ans. C'est ma vie à moi aussi.

Je voudrais bien me mettre en colère, sauf que ça ne vient pas. Ses accusations sont bien sûr révoltantes, mais j'ai du mal à me départir de la désagréable sensation qu'il y a un peu de vrai dans ce qu'elle dit.

Je regarde par terre. Doggo, qui était là il y a une minute, a sauté sur le canapé. Il sait parfaitement qu'il n'en a pas le droit, mais ça n'a pas l'air de trop l'inquiéter. Pour tout dire, il ne fait même pas attention à moi. Il regarde par la fenêtre, la tête posée sur ses pattes comme si les nuages allaient lui livrer la clé d'une épineuse question métaphysique qui le turlupine.

— Doggo.

Il ne se tourne pas vers moi, ce qui n'est pas très étonnant : ce nom ne l'a jamais fait réagir. Il sait probablement que nous avons choisi le premier qui nous passait par la tête en attendant de trouver mieux.

On a tout essayé – on a même écumé les sites de prénoms de bébés –, mais rien ne lui allait. Un moment, on a cru qu'Eustache ferait l'affaire. Ça n'a même pas tenu une journée. D'après Wikipedia, saint Eustache était un général romain converti au christianisme. Pour sa peine, le pauvre homme s'est vu infliger tout un tas d'épreuves et de calamités avant de finir brûlé vif avec ses fils à l'intérieur d'un taureau d'airain. Un sacré type, l'empereur Hadrien : non content de s'y connaître en maçonnerie (le fameux mur), il était aussi bourré de bonnes idées quand il s'agissait de se débarrasser de ses ennemis. Saint Eustache, je l'ai appris par la suite, est le saint patron des pompiers (ceux-là mêmes qui auraient pu éteindre

15

le feu dans lequel il a rôti) et, plus généralement, de toute personne se trouvant dans l'adversité.

J'essaie d'attirer l'attention de Doggo.

— Eustache, je suis dans l'adversité.

Il dresse l'oreille, juste une, la gauche, mais c'est à peine un léger sursaut. Il ne quitte pas des yeux le ciel où filent toujours les nuages.

Je sors mon portable de ma poche. J'ai son numéro en mémoire, on s'est appelés pour organiser l'anniversaire-surprise de Clara en avril. Elle est coordinatrice d'activités dans une association de loisirs pour la jeunesse, un job qui consiste, en gros, à faire du rafting au pays de Galles sept jours sur sept. Comme c'est une période de vacances scolaires, je m'attends à laisser un message.

Elle répond à la quatrième sonnerie.

— Daniel…

Un seul mot, mais dans lequel elle insuffle un très séduisant mélange de plaisir et de surprise teintée d'espoir.

— Hello, Polly. (Deuxième frémissement d'oreille chez Doggo, la droite cette fois.) Ça va ?

Tant pis pour Clara, elle l'a bien cherché. Et le pire, c'est que j'arrive presque à m'en persuader. Je n'aurais jamais pensé à appeler sa sœur si elle ne l'avait pas suggéré elle-même.

— Très bien, gazouille Polly. Je travaille comme une bête. Une vraie vie de chien.

Je jette un coup d'œil à Doggo, étalé sur le canapé, limite fondu dans le coussin, et je me demande d'où peut bien sortir cette expression.

16

Chapitre 2

C'est seulement au moment de monter dans le bus que le doute m'assaille.

— On a le droit de voyager avec son chien ?

— Faut voir. C'est laissé à l'appréciation du conducteur.

De nos jours, les conducteurs de bus sont enfermés dans des cages. Pour leur protection, paraît-il. Le mien doit donc coller son nez à la paroi de Plexiglas pour voir Doggo par terre.

Son air dédaigneux exprime clairement le fond de sa pensée.

— Ah, d'accord... Bon, ça va pour cette fois, si vous le prenez sur vos genoux.

— Je ne peux pas. Il va me mordre si je le touche.

— Quoi ? Vous voulez dire qu'il attaque ? Il est dangereux ?

— Non, non, c'est juste que...

Je bats lamentablement en retraite. Difficile de prétendre le contraire. C'est la stricte vérité : il va me mordre si je tente de le prendre dans mes bras.

— Désolé, mais le règlement, c'est le règlement, j'ai pas envie de perdre mon boulot.

Le coup du règlement, un grand classique. En temps normal, j'aurais insisté, j'aurais même fait un scandale, mais aujourd'hui je suis en petite forme. C'est tout juste si j'ai réussi à avaler mon œuf à la coque ce matin.

— Bon, d'accord. Je suis désolé. Bonne journée.

Je m'apprête à redescendre quand le conducteur me rappelle.

— Sauf évidemment si c'était un chien guide, ou un chien d'assistance médicale, ou un chien d'assistance émotionnelle…

— Non, non.

Il lève les yeux au ciel et articule lentement comme si j'étais demeuré.

— Parce que si c'était ce genre de chien, il y aurait exception, le conducteur n'aurait plus rien à dire.

— Ah oui, oui, bien sûr, c'est un chien d'assistance médicale.

Et je tapote ma poitrine pour illustrer mon propos.

— Cardiaque ? À votre âge ? Vous vous foutez de moi !

C'est plutôt lui qui se fout de moi. Il m'adresse un clin d'œil, et il me fait signe d'avancer pour aller m'asseoir. Je passe ma carte de transport sur le lecteur en le remerciant.

— Mais tâchez de le cacher, d'accord ? Manquerait plus qu'il fasse peur aux autres passagers.

Cette fois, il ne rit pas.

Le refuge pour chiens et chats de Battersea est cerné par des gazomètres et le no man's land pelé qui borde l'ancienne centrale électrique de Battersea. Difficile d'imaginer endroit plus désolé pour accueillir des animaux de compagnie dont plus personne ne veut : un petit triangle délimité par des voies ferrées sur deux côtés, et une rue très passante sur le troisième. Il a été un peu rafraîchi depuis la dernière fois que je suis passé par là, il y a quelques années de cela. (Je m'aventure rarement au sud de la Tamise, mon carré de bitume étant le nord-est de Londres, pour l'unique et simple raison que c'est là que j'ai atterri en arrivant dans la capitale.) La façade en verre, incurvée dans la longueur, s'ouvre sur la rue. L'architecture ultramoderne semble un peu excessive, voire un brin provocatrice si on songe à ce qu'a dû endurer la famille de grand-tante Mabel le jour de la lecture du testament. Car, contrairement aux lois françaises et italiennes plus protectrices à l'égard des descendants, en Angleterre on peut faire un bras d'honneur à ses proches depuis l'au-delà, à la grande joie des associations de protection des animaux, qui remportent souvent le magot en cas de litige.

Doggo ne semble pas reconnaître les lieux. Il passe la porte d'un pas allègre, sourd aux aboiements étouffés, pourtant bien audibles malgré le grondement des trains.

J'explique la fâcheuse situation dans laquelle je me trouve à une accorte réceptionniste aussi lumineuse que le hall où elle nous accueille, même si elle me reproche d'emblée de ne pas avoir téléphoné pour prendre rendez-vous. Je me fais peut-être des idées, mais je perçois comme une animosité derrière le sourire ensoleillé que m'adresse Laura (son nom est écrit sur son badge). Elle me fait penser au personnel du sinistre établissement des environs de Brighton où mon grand-père est en train de finir ses jours. Ces gens-là sont-ils vraiment aussi bien intentionnés qu'ils le paraissent ? Ou bien retournent-ils à leur état naturel dès que la porte se referme, jurant comme des charretiers et brutalisant les malheureux laissés sous leur garde. Et dire que j'avais décidé d'être un peu moins cynique...

Dix minutes plus tard, Doggo et moi-même nous retrouvons dans un bureau tristounet où nous sommes reçus par une jeune femme vêtue d'un petit polo passe-partout, tout aussi aimable et efficace que Laura. Beth, puisque tel est son nom, est chargée de trouver des « adoptants » aux animaux, et le moins qu'on puisse dire, c'est qu'elle n'est pas enchantée de devoir recaser un chien dont on l'a débarrassée il y a seulement trois semaines. Elle est donc humaine, c'est bon signe. Beth a plus ou moins mon âge, entre vingt-cinq et trente ans, je dirais. Elle se penche attentivement vers moi pour m'écouter, les coudes posés sur le bureau.

Je joue la corde sensible : c'est ma fiancée qui a voulu un chien, qui l'a adopté sans me consulter, et puis qui m'a quitté brusquement. Avec toute la contrition requise, je lui explique que je ne peux pas m'occuper correctement d'un chien tout seul. Beth hoche la tête, mais je vois bien qu'elle me dévisage pour détecter les tares qui ont fait fuir cette pauvre Clara. Elle doit se demander si je lui tapais dessus ou si je suis juste très ennuyeux. Elle peut bien penser ce qu'elle veut, du moment qu'elle me reprend Doggo et qu'elle me laisse retourner à ma petite vie.

Je sors l'épaisse enveloppe contenant les documents officiels que Clara m'a laissés, mais Beth n'en a pas besoin : elle a son fichier. Elle ne connaît pas Doggo personnellement, mais elle est « ravie » de se charger de sa « réadmission au centre d'accueil ». Tout cela commence à devenir dangereusement orwellien, mais je souris et je la remercie.

Et la voilà qui m'apprend que Doggo est inscrit chez eux sous le nom de Mikey. Clara avait omis de me faire part de ce détail. Comment l'en blâmer? Mikey... Non, mais je rêve! C'est un peu comme si les parents de Winston Churchill avaient changé d'avis au dernier moment et avaient décidé d'appeler leur charmant bambin Derek. Sérieusement, est-ce que, à Yalta, Roosevelt et Staline auraient accepté de s'asseoir à la même table qu'un Derek? Je ne crois pas, non.

Beth fronce les sourcils en lisant sa fiche.

— C'est bizarre, nous ne l'avions que depuis une semaine quand votre fiancée l'a choisi.

— Et c'est étonnant?

— Je l'aurais plutôt vu parti pour perpète.

— Comment ça?

— Comme en prison. Condamné à rester à perpétuité.

— Ah bon? Pourquoi?

— Enfin, vous l'avez vu?

Je me tourne vers Doggo, mais il n'y a pas grand-chose à voir. Il est plié en deux, très occupé à se lécher les couilles.

Beth pousse un cri.

— Ah, ça n'est pas normal, ça!

— Doggo, arrête tout de suite.

— Non, je veux dire que nous opérons systématiquement les animaux qui arrivent ici.

Elle feuillette le dossier, trouve ce qu'elle cherche.

—Ah, d'accord, on n'a pas eu le temps. Il n'est pas resté suffisamment longtemps. Votre fiancée a promis de s'en occuper elle-même.

Cette fois, je la reprends.

—Mon ex-fiancée.

—Oui, enfin bref. Elle a signé un papier qui l'engage à le faire opérer.

—Mais enfin, opérer de quoi?

—Couic-couic.

J'ai un mouvement de recul. Il faut probablement être un homme pour comprendre que la castration ne peut pas se réduire à deux doigts mimant une paire de ciseaux et une onomatopée désinvolte.

—Elle ne m'a rien dit.

Beth pose les deux mains à plat sur ses sacro-saints papiers.

—C'est écrit là, noir sur blanc.

Noir sur blanc? Je dirais plutôt que c'est très noir, noir sur noir. Il s'agit quand même des couilles de Doggo.

—Je vais devoir réfléchir.

—Non, il doit impérativement être stérilisé.

—Pourquoi?

—C'est le règlement.

Beth ne me connaît pas, sinon elle se serait méfiée.

—C'était le règlement sous le régime nazi d'exterminer les Juifs, les Gitans et les homosexuels. Vous trouvez que c'était une excuse?

Sous le choc, Beth laisse échapper un petit couinement.

—Vous n'avez pas le droit de dire ça!

Une humidité aussi suspecte qu'embarrassante remplit ses yeux. Je détourne le regard, et tombe sur

Doggo qui se lèche toujours joyeusement. Je ne l'ai jamais vu aussi heureux. Alors, sans réfléchir, je me lève et je tends la main par-dessus le bureau.

— Beth, ravi de vous avoir rencontrée, mais Doggo et moi, on s'en va.

Ma déception n'est pas très glorieuse, je sais : ça n'est qu'un chien, un chien dont je ne veux même pas, mais je m'attendais quand même à un minimum de gratitude. Je ne demande pas grand-chose, rien qu'un coup d'œil de reconnaissance au brave bipède qui tient l'autre bout de sa laisse, mais il m'ignore superbement alors que nous repartons dans la rue vers Battersea Park.

— Hé, ho ! Ils allaient te couper les burnes, tu es au courant ?

Doggo s'arrête pour renifler le bas d'une poubelle.

— Parfaitement. Couic-couic. *Adios, testículos.* Finies, les roupettes.

Je n'aurais pas pu mieux choisir mon moment. Je suis tellement occupé à me demander si Doggo va oui ou non lever la patte pour pisser contre la poubelle, que je n'ai pas remarqué les enfants en uniforme scolaire bleu roi qui déferlent dans la rue. C'est une mère, très bon chic bon genre, qui me ramène à la réalité.

— Non mais ! Surveillez un peu votre langage !

L'espèce ne m'est pas inconnue : blonde, maigre à faire peur, sûre de sa place dans son monde de privilégiés. Exactement comme ma sœur. Je suis sur le point de lui dire ce que j'en pense quand je vois que son fils est mort de honte.

— Toutes mes excuses, jeune homme.

À ma grande surprise, le gamin engage la conversation.

— Il s'appelle comment?

— Doggo.

Un énorme 4x4 est garé un peu plus loin (sur un emplacement interdit), deux roues sur le trottoir, les feux de détresse en marche. La dame le déverrouille d'un coup de plip.

— Allez, viens, Hector.

Hector est un beau petit garçon. Il me fait un peu penser à Christian Bale dans *L'Empire du soleil* – tignasse blonde et grands yeux verts. Il s'accroupit devant Doggo et dit gentiment:

— Salut, Doggo.

Non seulement Doggo penche la tête sur le côté pour dire bonjour à Hector, mais il se laisse caresser, frotter les oreilles et gratouiller le dessous du menton.

— Bonjour, le chien! Oui, t'es beau, Doggo, t'es le plus beau chien du monde.

— Hector! crie sa mère.

Il pousse un soupir en levant les yeux vers moi.

— Il faut que j'y aille.

— Tu vas voir, ça va s'arranger… la vie, je veux dire.

— Espérons. À plus, Doggo.

Doggo et moi, on reste là à regarder Hector grimper à l'arrière de la grosse Mercedes. Il nous fait signe de la main pour nous dire au revoir quand la voiture démarre.

«Espérons»… et prononcé avec le fatalisme aimable et serein d'un vieux sage. Il ne devait pas avoir plus de douze ans. D'où sort ce gamin? Pas de sa mère en tout cas, ça, c'est certain.

Je suis l'exemple d'Hector et je m'accroupis devant Doggo.

— On dirait que tu viens de te faire un copain, dis donc.

Je tends la main vers lui, et, l'espace d'un instant, j'espère que c'est le bruit de la circulation qui bourdonne à mon oreille. Mais en fait non, c'est bien un grondement sourd m'avertissant de garder mes distances.

Chapitre 3

—Je peux te dire un truc?

—Je ne sais pas, J, ça dépend.

—Tant pis, je te le dis quand même.

—Bon, ben, vas-y alors, balance.

Nous sommes dans un bar de Portobello Road, et J prend une grande gorgée de son troisième (ou quatrième?) mojito avant de lâcher le morceau.

—Bon débarras, tu seras mieux sans elle, mon vieux.

—Sans qui? Clara?

—Qui d'autre? Je ne pouvais pas l'encadrer.

Autant dire que je suis sous le choc.

—J'étais avec elle depuis presque quatre ans! Tu n'aurais pas pu me dire ça plus tôt?

—Putain, Dan, ça va pas? Tu crois sérieusement que j'allais te dire que la femme de ta vie était folle comme un lapin? Je suis pas débile à ce point. J'avais pas envie que ça me revienne en pleine tronche le jour où tu aurais passé la bague au doigt de cette cinglée.

—Elle n'est pas cinglée.

—Folle à lier, mec, et ça date pas d'hier. Ça pouvait encore aller quand on était plus jeunes, mais là, maintenant, on doit passer aux choses sérieuses, on entre dans l'âge adulte, il faut construire. Tiens, prends Jethro, par exemple.

— Quoi, Jethro ?

— Il est complètement largué.

— Comment ça, largué ?

Jethro est le mec le plus cool qu'on connaisse. Grand, le cheveu savamment ébouriffé, il passe son temps à squatter des canapés à droite à gauche, à fumer de l'herbe et à jouer de la guitare (plutôt bien, d'ailleurs). C'est un troubadour des temps modernes, toujours en mouvement, en quête perpétuelle d'un riche mécène susceptible de lui offrir le gîte et le couvert.

— La cote de ce gars est sérieusement en baisse. Les femmes aiment toutes se taper des voyous quand elles sont jeunes, mais, honnêtement, Jethro, c'est pas le genre de mec avec qui t'aurais envie de faire un gamin. Tu le vois pouponner un nain de jardin ? Il le ferait tomber par terre la tête la première.

— Je l'aime bien, moi, Jethro.

C'est vrai. Il est très drôle et, en plus, il a toujours des superhistoires à raconter.

— Attends, moi aussi, j'aime bien Jethro, je dis juste qu'il a atteint sa date limite. Les filles de notre âge ne veulent plus d'un glandeur, aussi séduisant soit-il. Pas quand leur horloge biologique leur dit qu'il va falloir penser à se grouiller.

Il a raison. C'est pour ça que les copines de Jethro sont de plus en plus jeunes. Pauvre Jethro.

— Je ne vois pas le rapport avec Clara.

— Le rapport, c'est que je comprends très bien ce qui te plaisait chez elle. C'est une bombe, cette fille, elle est supercanon. Un peu cinglée, mais quand on est jeune, on s'en fout. Sauf que là on commence à se faire vieux... Désolé d'être aussi brutal. Tu veux vraiment d'une femme qui passe son temps le nez fourré dans les cristaux, les auras et je ne sais plus quelles autres merdes?

— Les anges.

— Les anges!

— Elle a rencontré un mec, Brendon, qui l'a persuadée qu'elle avait un ange gardien.

— Tu déconnes...

— Pas du tout. Il s'appelle Kamael.

J a l'air effaré.

— Tu vois! C'est bien ce que je te disais.

J et moi, on s'est rencontrés à l'université de Warwick, en littérature anglaise. C'est une de ces amitiés rares et précieuses (plus fréquentes chez les hommes que chez les femmes, si vous voulez mon avis) qui surgit parfois entre deux personnes aussi différentes de caractère que de tempérament. En ce qui me concerne, j'ai plutôt tendance à aborder la vie prudemment et à me satisfaire de tout ce qui veut bien me tomber dans les mains, alors que J, lui, se jette dans la bataille la fleur au fusil, comme si chaque obstacle avait été spécifiquement conçu pour le ralentir. Il a de l'énergie, de la motivation et de l'ambition pour dix, voire pour cent.

Bien sûr, on avait quelques points communs. À Warwick, c'était notre passion pour la littérature qui nous avait rapprochés. On passait des heures à échafauder des projets d'avenir. On voulait monter une maison d'édition. L'industrie du livre avait besoin de types comme nous – jeunes, engagés dans la révolution numérique qui commençait à ébranler le marché. Au départ, on aurait évidemment été obligés de mener nos carrières séparément, mais seulement le temps d'apprendre les ficelles du métier. Dès que ça aurait été possible, on aurait monté notre propre boîte qui marcherait du feu de Dieu, ce qui nous permettrait de la revendre ensuite pour des millions au plus offrant.

En fin de compte, c'est notre âme que nous avons vendue et bien avant d'en arriver là. J a accepté un job chez McKinsey pendant notre dernier trimestre à Warwick, et, pas très longtemps après, j'ai obtenu une place à l'école supérieure de publicité D&AD. Un consultant en stratégie et un publicitaire, voilà ce que nous sommes devenus. Bonjour, les espoirs déçus…

Je me console parfois en me disant que, au moins, je vis de ma plume, mais, la vérité, c'est que j'écris juste des phrases accrocheuses pour des entreprises dont je n'ai à peu près rien à faire. Je suis concepteur-rédacteur, pas trop mauvais, je crois : quelques trophées particulièrement laids qui prennent la poussière dans mon placard sont là pour le prouver. Enfin, ça, c'était avant… Avant que Trev (« Fat Trev », comme il tenait absolument à ce qu'on l'appelle à l'époque, mais plus maintenant) tombe en dépression. C'était le directeur artistique avec lequel je faisais équipe. Les DA et les concept-rédac, c'est comme les deux doigts de la main. Le « team créatif », un binôme indissociable. Quand on change de boîte, on change de boîte ensemble. Je savais que Trev était dépressif, c'était d'ailleurs ce qui le rendait si fréquentable dans le travail. J'aurais dû voir le truc venir, peut-être même tirer la sonnette d'alarme, mais, l'ennui, c'est qu'il était au top de sa forme créative au moment où il est parti en vrille. Il va bien maintenant. Enfin, plus ou moins. Les médocs ont gommé toutes les aspérités qui le rendaient intéressant. Plus d'angles saillants donc, plus de hauts, plus de bas, et surtout plus de blagues, mais au moins il est toujours vivant. Une chance quand on pense qu'il envisageait sérieusement de sauter du haut de l'immeuble où il vit près de Bermondsey.

Clara a peut-être raison, si ça se trouve, je ne suis pas un grand sensible, parce que dès que j'y pense, ça me fait rire : le saut de l'ange de Fat Trev. Ça, c'est du comique de contraste, l'élégance d'un mouvement appliquée à la massivité d'un corps, exactement comme l'hippopotame en tutu vaporeux qui fait des entrechats dans *Fantasia*, de Disney. J'espère bien qu'un jour on pourra en rire ensemble, mais, en attendant, je me retrouve tout seul.

Et je rame. Depuis presque six mois, j'ai entamé une sacrée traversée du désert, à dilapider mes économies, et à m'inquiéter pour mon crédit. Personne ne veut d'un concepteur-rédacteur orphelin. Ma bonne réputation me vaut encore un ou deux entretiens par-ci par-là avec nos rivaux d'autrefois, ceux qui nous enviaient nos horribles trophées. Mais, en général, c'est surtout par curiosité malsaine qu'ils me font venir, pour me soutirer des infos de première main sur Fat Trev.

À Indology, j'aurai peut-être plus de chance. Je vais bientôt être fixé.

J ricane.

—Indology ? Drôle de nom pour une agence de pub.

Je suis aussitôt sur la défensive.

— Pas si mal trouvé, quand même.

Nous nous sommes transportés dans un autre bar. Cette fois, ils ont misé sur une déco postapocalyptique : brique nue et sol en béton brut, lampes métalliques industrielles. Peut-être la prochaine grande tendance dans le design intérieur... ou peut-être pas.

— C'est une agence qui démarre, petite et indépendante.

— Oui, le « ind », j'ai bien compris d'où ça venait, mais c'est le « ology » qui coince.

— La terminaison indique une méthode, une rigueur scientifique, comme dans psychologie, théologie, sociologie...

— Couillonnologie.

— Ils y ont pensé aussi. La proposition a été étudiée en focus groupe, mais elle a été rejetée.

J'éclate de rire et m'agrippe le bras.

— Désolé. J'espère qu'ils te prendront. Sincèrement. Il est quand, cet entretien ?

— Après-demain.

Il doit fermer les yeux pour procéder au savant calcul.

— Jeudi... Je serai à Francfort.

— Veinard.

— Tu connais ? Tu rates rien, c'est un trou à rats. Les gens sont sympas, cela dit. J'aime bien les Allemands.

Voilà qui fait chaud au cœur. J est issu d'une famille juive allemande en grande partie exterminée il y a trois générations. Il sait parfaitement ce qui est arrivé – le souvenir de cette époque lui a été transmis par le lait maternel – et, pourtant, il est prêt à enterrer la hache de guerre et à passer à autre chose. Sa grandeur d'âme me réconforte et met en perspective mes propres petits tracas. Par comparaison, c'est peu de chose d'avoir été largué par la femme qu'on comptait épouser.

Chapitre 4

Je me souviens de ce que Beth a dit au refuge (l'œil embué de pitié) : « Enfin, vous l'avez vu ? » Et de fait, je n'ai jamais vraiment bien regardé Doggo. Pas attentivement en tout cas, comme je suis en train de le faire maintenant.

Clara a raison : il est très petit, et, malgré le mal qu'elle s'est donné pour prétendre le contraire, il est quand même très très laid. On n'avait pas de chien à la maison quand j'étais enfant, mais j'en ai beaucoup côtoyé depuis le plus jeune âge. Surtout de grands chiens vigoureux qui remplissaient l'espace de leur exubérance canine ; des retrievers, des labradors, des setters. C'étaient des chiens de ce genre que mon grand-père s'entourait, et il les aimait bien plus, je crois, qu'il n'aimait ma grand-mère. Au final, c'est elle qui se retrouve avec Hecuba sur les bras – un bouvier bernois colossal et mal élevé – pendant que mon grand-père s'éteint lentement dans son horrible maison de soins.

On ne peut guère faire plus différent d'un bouvier bernois que Doggo. C'est même l'exact opposé. Il est minuscule, blanc et pratiquement dépourvu de poils. Je dis pratiquement, parce qu'il y a quand même quelques touffes par-ci par-là, des épis anarchiques comme du gazon mal tondu. Une longue bande hirsute habille un peu sa colonne vertébrale et s'en va s'achever en un maigre toupet au bout de son tronçon de queue. L'arrière de ses pattes avant en revanche est couvert de bouclettes serrées – ni brunes ni jaunes, plutôt entre les deux – laissant subodorer une vague ascendance épagneule, tout comme les trois petites boucles de sa frange de la même couleur («jaune pipi» peut-être?). Le museau, lui, n'a rien à voir avec celui d'un épagneul. Il est trop écrasé, trop *carlinesque*. Du coup, ça lui donne un petit côté oriental, un peu pékinois. Non, Doggo échappe à toutes les classifications. On dirait une bête qui aurait foncé la tête la première dans un mur de brique et qui aurait ensuite décliné toute proposition de chirurgie réparatrice. Ses paupières tombantes d'insomniaque font penser à un chien de Saint-Hubert, mais le regard est vif et éveillé, quoique fixe pour l'instant... et dirigé droit sur moi avec une attention froide et calculatrice.

Devine-t-il mes pensées? Se doute-t-il que je suis en train de me dire que si l'avant de son corps est beaucoup plus développé que son arrière-train, c'est parce que sa tête est trop grande pour sa taille, et que les muscles des pattes de devant doivent travailler deux fois plus?

Il m'observe toujours depuis son camp retranché sur le canapé.

Depuis deux jours, il s'est approprié le seul endroit à peu près confortable de l'appartement, et par compassion (après tout, il a perdu sa maîtresse) je ne l'en ai pas chassé. Il aimait bien Clara. Il était boosté par l'énergie qu'elle dégageait, comme nous tous d'ailleurs.

— Alors, Doggo, elle est où, Clara ?

Personne ne le sait. Ni Fiona, ni Hatty, ni aucune de ses bonnes copines. À moins qu'elles ne s'amusent toutes à me mentir. Je suis au bord de céder à la paranoïa, de plonger la tête la première dans la théorie du complot, mais je suis aussi à peu près sûr que Polly a été sincère avec moi la dernière fois que je l'ai eue au téléphone, quand elle m'a assuré que la famille n'avait encore reçu aucune nouvelle de Clara. Apparemment, ses parents sont morts d'inquiétude.

J'ai eu Polly trois fois au téléphone depuis que sa sœur a sauté dans un avion et disparu des radars. Nous avons échangé beaucoup plus de textos. C'est peut-être moi qui ai ajouté le premier baiser, le fameux X, à la fin d'un de mes messages, mais c'est Polly qui l'a redoublé, et puis qui l'a triplé. J'ai suivi le mouvement. À ce rythme, nous en serons à XXXXXX à la fin de la semaine. Il y a probablement des règles en la matière, connues seulement par une bande d'initiés triés sur le volet. Peut-être que XXXXXX signifie : « Je serais ravie de passer au Y avec toi. »

$$6 X = Y$$

Il me semble que si X est égal à 4 (le nombre d'années que Clara et moi avons passées ensemble), alors Y est l'âge de Polly, c'est-à-dire six ans de moins que moi. Équation d'une symétrie rassurante, mais qui n'excuse nullement les errements de mon imagination.

J'avais deviné juste : Polly est bien au pays de Galles, où la saison du rafting bat son plein après les dernières chutes de pluie. Elle redescend à Londres samedi pour accompagner un car rempli de gamins, et repart dimanche munie d'une nouvelle fournée de petits chieurs (selon sa propre formule). J'ai déjà retenu une table au restaurant pour dîner. C'est un très bon restaurant italien, intime mais animé, à quelques minutes à pied de chez moi. J'y ai fait un saut tout à l'heure pour choisir la table, et je viens d'envoyer un texto à Polly pour lui dire que si le trajet en taxi pour rentrer à sa colocation dans l'est de Londres lui semble trop fatigant, elle est cordialement invitée à camper chez moi. Message que j'ai terminé par un seul X, moyen élégant, d'après moi, de lui signifier : «Non, pas cette fois, pas comme ça.»

Je suis seul propriétaire de mon appartement. Clara a officiellement emménagé avec moi il y a un an, mais les papiers sont à mon nom. Elle a mis en location son propre appartement, beaucoup plus à l'ouest, après Acton, et une partie du loyer participe au remboursement de mon crédit tous les mois. Enfin, plus maintenant, comme je m'en suis aperçu hier soir – le jour où son versement arrive sur mon compte en banque – en constatant que l'opération n'avait pas eu lieu. Donc il y a eu des préparatifs, un certain degré de préméditation. Sous ses airs frivoles, Clara a aussi étonnamment les pieds sur terre.

Soudain, un soupçon me prend. Je vais vérifier le courrier que j'ai laissé s'empiler sans l'ouvrir sur la petite table de l'entrée depuis que Clara est partie. Pas une seule lettre pour elle, même pas de publicités. Après vérification sur Internet, je découvre qu'il faut cinq jours ouvrables pour que le service de réexpédition soit activé.

L'œil de lynx que je viens de poser sur Doggo se met alors à détecter des indices, espaces vides dans la bibliothèque et la colonne de CD, absence sur le fauteuil du coussin qu'elle a acheté en Cornouailles l'année dernière à Pâques. Une minute plus tard, je suis à quatre pattes dans la cuisine, le nez dans les placards. Le saladier en bois que nous avons marchandé à la foire de Bungay n'est plus là ni le Magimix. Je l'avais imaginée fourrant au hasard quelques vêtements dans un sac, mais là c'est une autre histoire : c'est un déménagement en bonne et due forme, avec cartons, au moins deux voyages en voiture, et espace de stockage. La version du coup de tête devient moins vraisemblable à chaque porte que j'ouvre.

Bizarrement, je suis soulagé. Un départ impulsif suggérerait une aversion soudaine. C'est la fuite désespérée de quelqu'un qui se dit : « Quelle horreur, là non ! Cette fois je ne le supporte plus ! » alors qu'un exode organisé, aussi dur à avaler soit-il, permet quand même de sympathiser avec le processus psychologique qui l'a motivé. Je comprends pourquoi elle est partie. Bien sûr que je comprends, moi-même j'en ai eu envie une ou deux fois. Sauf qu'elle m'a coiffé au poteau, et avec un panache et une brutalité qui me rendent presque fier d'elle. Je dois être un peu dingue, non ?

Ou complètement.

C'est en tout cas ce que semble me confirmer Doggo qui a abandonné son petit canapé chéri pour approcher sournoisement derrière moi. Je suis toujours à quatre pattes devant les placards de la cuisine, ce qui fait que nous nous retrouvons pratiquement nez à nez. Je peux me tromper, mais je lis dans son regard un désagréable mélange de pitié et de condescendance.

On ne voit que ce qu'on veut voir, et, de toute évidence, je suis atteint par «l'effet Koulechov». Il s'agit d'une expérience de montage réalisée par le grand cinéaste russe il y a presque un siècle. Il a montré à des spectateurs un petit bout de film où on voit un homme en gros plan devant une assiette de soupe, puis devant une jeune fille morte dans un cercueil, puis devant une très belle femme lascivement allongée sur un sofa. Après la projection, les gens se sont tous émerveillés de l'extraordinaire diversité des sentiments exprimés uniquement par son regard : faim dévorante, désespoir et désir. Mais, comme Koulechov devait le révéler, il ne s'agissait que d'un seul et même plan de l'acteur accolé à des scènes différentes. Les spectateurs avaient simplement vu ce qu'ils voulaient voir. Ils avaient projeté leurs propres émotions sur un visage vide.

Et c'est exactement ce que je suis en train de faire : écœuré par mon espionnage, je vois mon abjection se refléter dans les yeux noirs légèrement globuleux de Doggo. Alors qu'il veut probablement juste un Choco Drops. Il sait qu'ils sont rangés dans le placard sous l'évier.

— C'est qui qui veut un Choco Drops ?

La question est posée du ton bêtifiant, de rigueur avec les chiens et les petits enfants.

Il remue la queue.

Chapitre 5

L'entrée n'est pas particulièrement attrayante : c'est une porte grise au fond d'une cour pavée de Soho. Sur le côté, un interphone est encadré par une plaque en acier brossé au nom de l'agence : INDOLOGY.

Derrière la porte grise, on emprunte un escalier industriel métallique qui mène à un vaste espace de réception. Ils ont choisi un look énigmatique, sans caractère trop marqué, sans ostentation (par exemple, il n'y a pas de certificats de récompenses exhibés sur les murs pour vanter les prouesses de la maison), rien qui puisse définir l'identité de l'entreprise ou la dater. À l'accueil, une jeune femme brune séduisante, coupe de cheveux courte et effilée très tendance, lunettes à grosse monture rétro-intello, lève le nez de son ordinateur. Je lui ai dit mon nom dans l'interphone et, de toute évidence, elle sait pourquoi je suis là.

— On va vous recevoir très vite. Asseyez-vous. Je vous sers quelque chose à boire ?

Elle s'exprime comme quelqu'un de cultivé et elle a des yeux bleus excessivement intelligents.

— Je veux bien un café, merci.

— Quel genre ? Il y a le choix.

— Serré, fort et noir.

— Double expresso ?

— Simple.

— Embauché !

Je la trouve déjà sympathique et mon admiration monte encore d'un cran quand elle se lève et sort de derrière son bureau pour me serrer la main.

— Je m'appelle Edith.

C'est un prénom vieillot qui me donne à penser qu'elle a des parents originaux, amateurs de bizarreries.

Je navigue dans la pub depuis assez longtemps pour savoir qu'Edith a de l'avenir. Un jour, ce seront de petites jeunes comme elle qui dirigeront le business. Ces filles-là ne sont pas réceptionnistes de profession. Elles prennent n'importe quel job, histoire de mettre un pied dans la porte. Elles sont douées, et surtout patientes. Dans le cas d'Edith, ses belles gambettes et son air déluré ne feront pas de mal non plus à son avancement.

— De Colombie, annonce-t-elle en revenant avec mon café.

— Bon pourvoyeur de drogues, matinales ou autres.

J'ai peur d'y être allé un peu fort, mais elle rit.

— Il n'y a qu'à demander, on en a pour tous les goûts dans le distributeur. Coke normal, coke light.

C'est bon, on est sur la même longueur d'onde.

Je n'ai encore jamais officiellement été présenté à Ralph Aitken, mais je l'ai croisé au cocktail de Noël d'une agence il y a deux ans. Difficile de le louper, même dans la foule et même de loin, et pas à cause de sa grande taille. Comme moi, il plafonne autour du mètre quatre-vingts, mais il a de la présence, une énergie joviale, très compétitive, qui lui donne l'air de vous mettre au défi d'aller aussi loin que lui (tout en

40

menaçant de vous écrabouiller si vous y parvenez). En fait, ce type s'est accaparé le créneau de la bonhomie cinglante, et gare à celui qui voudrait marcher sur ses plates-bandes. Il a les cheveux argentés et fournis coupés en brosse, un bronzage assorti, et des jeans beaucoup trop serrés pour tout sexagénaire qui se respecte. Pour compléter le tableau, il lui reste un soupçon d'accent des faubourgs londoniens qui suggère le type défavorisé mais courageux, arrivé là où il est à la force du poignet.

Je sais qu'Indology est la troisième agence qu'il monte, et que la vente des deux premières lui a rempli les poches, lui offrant les moyens de prendre sa retraite s'il le voulait. Je sais aussi que j'ai besoin qu'il me donne du boulot, et je suis donc tout à fait prêt à lui lécher les bottes s'il le faut. Un autre type est présent derrière la grande table ovale de la salle de réunion. Sa veste de costume me fournit la preuve formelle que ce n'est pas le directeur de la création.

Il se présente en ne se soulevant qu'à demi de sa chaise pour me serrer la main.

— Tristan Hague.

C'est un bel homme, et il le sait. À la façon dont il prononce son nom, je comprends que je devrais le connaître, ce qui n'est pas impossible, d'ailleurs : ça me dit vaguement quelque chose.

Ralph me tire d'embarras.

— Tristan est notre directeur général. Il a quitté *Campaign* pour nous rejoindre il y a quelques mois.

Campaign, c'est le magazine professionnel de la pub, qui s'occupe de recenser les nouvelles chiantes et de rapporter les potins incestueux. Je le lis peu, mais assez souvent quand même pour que ça me revienne… Tristan Hague… La plume acerbe qui signait des billets d'humeur bien torchés (quoiqu'un soupçon méprisants si j'ai bonne mémoire).

—Oui, bien sûr, qui n'a pas entendu parler de Tristan Hague?

Il est ravi et me lance un sourire charmeur.

—Braconnier reconverti en garde-chasse.

Ralph ajoute son grain de sel.

—Ou plutôt garde-chasse reconverti en braconnier.

Ralph est très content de ses propres blagues, et puisque c'est lui le patron, Tristan et moi nous pouffons avec indulgence, brièvement unis dans notre flagornerie.

En bons Britanniques, nous sommes en train de parler de la pluie et du mauvais temps quand Edith entre avec les cafés. Je remarque qu'il y a quatre tasses sur le plateau. Pour qui la quatrième peut-elle bien être? Pour elle, semble-t-il: elle la prend et va s'asseoir à la droite de Ralph, et parce qu'elle n'a pas de calepin, j'en déduis qu'elle n'est pas là pour préparer le compte rendu.

Ralph a le bon goût d'expliquer.

—J'ai demandé à Edith d'assister à cet entretien. J'espère que ça ne te dérange pas.

—Bien sûr que non.

—Tu vas voir pourquoi.

Mais il s'arrête là, plante ses coudes sur la table, croise les doigts, et sans transition passe à autre chose:

—Alors, qu'est-ce que devient Fat Trev?

Sincèrement, j'aime beaucoup Fat Trev, mais ça commence à me fatiguer de devoir répondre à toutes ces questions, sans doute parce que si c'était moi qui avais pété les plombs, la réciproque ne serait pas vraie:

Fat Trev ne serait certainement pas assis là à répondre à des questions sur moi. Fat Trev est une légende, un personnage haut en couleur, un pitre de comédie à qui je servais de faire-valoir. Notre duo, c'était Laurel et Hardy, avec moi dans le rôle de Stan Laurel. Enfin, pour les autres. En réalité, Trev me permettait surtout de mettre mes idées au banc d'essai. Je testais mes projets sur lui. Seulement les gens n'aiment pas qu'on déboulonne leurs idoles, et j'ai appris à m'en tenir à la version qu'ils veulent entendre, à savoir que j'étais le tâcheron, le type avec la tête sur les épaules, dont la seule utilité était de cadrer le génie débridé de Trev et d'en tirer des propositions à peu près présentables pour les clients.

— Et pas de fausse modestie entre nous, ajoute Ralph.

Je ne l'avais pas vu venir.

— Pardon ?

— Ce que Ralph veut dire, lance Tristan, c'est que nous avons mené notre petite enquête. Auprès de personnes bien informées. Nous avons compris que Fat Trev avait tendance à tirer la couverture à lui.

J'avoue que je ne sais plus trop pourquoi je suis là. Ce sont eux qui m'ont demandé de venir pour discuter, mais j'ai beau avoir apporté mon «book» – le dossier relié qui montre mes créations –, ils ne s'y intéressent pas. Après leur petite bombe, ils passent dix minutes à me parler d'eux, d'Indology, des axes de l'entreprise, de leurs projets et de leur stratégie. C'est surtout Tristan qui s'exprime. Son discours est émaillé d'expressions telles que : «Débusquer des pépites», «Se battre sur le front du marché», «Chahuter les idées reçues» et «Rester disruptif», mais ce n'est qu'une mise en bouche comparée à son envolée finale.

— Nous, on zague pendant que les autres ziguent.

Surtout ne pas rire. Penser au chômage. Regarder ce type bien en face et hocher la tête d'un air pénétré.

De deux choses l'une : soit ils aiment fanfaronner devant le premier quidam venu, soit ils sont en train de se vendre. Juste au moment où je commence à espérer que c'est bien pour moi qu'ils font tout ce cinéma, je déchante. Ralph me fait passer un dossier en le poussant vers moi sur la table. C'est bon, j'ai compris.

— C'est un lancement de produit pour un énième bain de bouche mis sur le marché par nos vieux amis de KP & G. Les études ont montré que le public était prêt à accueillir un message moins médical pour le produit bain de bouche. Les gens en ont ras la casquette des arguments santé, du soin des gencives et de l'élimination du tartre. Le client est ouvert à un nouveau positionnement. Le brief concerne une campagne nationale choc par voie d'affiches.

Tristan prend le relais.

— Ils ont déjà le nom : Swosh ! Note le petit point d'exclamation dynamique.

La manœuvre est vieille comme le monde, j'en ai déjà été victime. On vous fait miroiter une possibilité d'embauche uniquement pour vous pomper quelques idées gratuites. Furieux à l'idée d'avoir traversé Londres pour ça, je me jure de ne rien leur donner, ou en tout cas de jouer très serré.

L'ennui, c'est que le travail qu'ils me montrent me plaît beaucoup. Je suis impressionné. Ils ont choisi une série de photos en noir et blanc de baisers torrides.

Les couples ne sont pas à un kilomètre l'un de l'autre comme dans le fameux baiser de Robert Doisneau, leurs attitudes sont beaucoup moins artificielles, comme s'ils étaient sur le point de passer à l'acte, ou même de le faire juste sous nos yeux. Les photos sont toutes différentes, naturellement – parce qu'un baiser n'est jamais pareil à un autre –, mais l'une d'entre elles en particulier donne le ton général. La femme tient le visage de l'homme entre ses mains, confiante, sûre d'elle, et appelle parfaitement la signature : EMBRASSEZ LA VIE.

— C'est très bon…

Ralph réagit au quart de tour.

— Je sens un « mais ».

— Non, non, c'est parfait.

Tristan insiste.

— Vraiment aucune objection ?

Il jette un coup d'œil à Ralph qui en jette à son tour un à Edith qui me dévisage avec une intensité bizarre. Alors je comprends : c'est elle qui a pris ces photos. Voilà pourquoi elle assiste à l'entretien. La voilà d'ailleurs qui proteste.

— Non, non, il faut nous le dire… Il y a quelque chose qui cloche, je le sais.

Elle a raison. Je feuillette le dossier encore une fois, mais seulement parce que c'est elle et qu'elle m'est sympathique.

— Il n'y a peut-être pas tout à fait assez d'impact.

— Pas d'impact ?

Ce cri du cœur a jailli de leurs trois poitrines.

Je me suis juré de ne rien leur donner, mais je ne peux pas m'en empêcher.

— Les photos sont superbes, seulement il n'y a pas assez de tension entre les images et le message. «Embrassez la vie», c'est seulement explicatif.

— Et alors ? s'insurge Tristan avec un soupçon d'agressivité.

— Marcel Duchamp a exposé dans une galerie un urinoir intitulé *Fontaine*. Est-ce que cette œuvre serait passée à la postérité si elle s'était appelée *Urinoir* ?

Ralph a un sourire.

— Vas-y, continue, là, tu m'intéresses.

Non, justement pas, finis, les cadeaux.

— C'est tout.

Et puis, je me rappelle l'époque où j'étais à la place d'Edith, je connais cette terreur qu'on éprouve au tout début quand on présente son travail à des gens et qu'ils s'acharnent à le démolir. Alors, je mets un point d'honneur à la féliciter.

— Bravo, c'est du beau boulot.

Elle me remercie d'un signe de tête, mais je vois bien qu'elle se force et qu'elle est déçue.

Ralph demande à rester seul un moment avec moi. Tristan semble étonné d'être congédié, mais il sort quand même de la pièce avec Edith en traînant les pieds. Ralph attend que la porte se referme derrière eux pour me lancer un grand sourire.

— C'est toi qui as raison, peu importe ce qu'ils pensent. Marcel Duchamp. C'est excellent cette référence. J'aurais bien voulu dire ça moi-même.

— Tu le diras, Oscar, tu le diras.

La fine allusion à Oscar Wilde le fait rire.

— Comment se fait-il qu'on n'ait pas bossé ensemble plus tôt ?

— Tu ne pouvais pas te payer ce luxe, j'étais trop cher.

Il rit de nouveau.

— Et maintenant, qu'est-ce qui te fait croire que je pourrais m'offrir tes services ?

— La Bentley avec la plaque d'immatriculation personnalisée garée dans la cour.

Étonnant, d'habitude je ne suis pourtant pas le roi de la repartie. Je laissais ce soin à Fat Trev, le spécialiste (pour ma part, je me contentais d'écouter avec un petit sourire de faux cul). Je ne suis pas sûr que mon imitation de Fat Trev fasse illusion bien longtemps, mais heureusement l'épreuve est terminée. Ralph frappe sur la table avec le plat des deux mains.

— D'accord, voilà ce que je te propose. Quatre-vingt mille en salaire de base, plus une prime en fonction des marchés remportés. Mutuelle et retraite maison, quoique, personnellement, je ne toucherais à la retraite sous aucun prétexte. Le jour où tu auras atteint l'âge de la prendre, ces salopards de la City auront probablement trouvé le moyen de ne te verser qu'une misère.

Je suis stupéfait. Je n'ai rien vu venir, et la proposition est excellente. J'aurais accepté pour bien moins.

— Tu feras équipe avec Edith, pour la former, lui donner de l'épaisseur. Elle est encore un peu jeunette, mais c'est une rapide. Elle a besoin de quelqu'un d'expérimenté pour se développer. Tu penses que ça serait dans tes cordes de lui chauffer les muscles pour la mettre au top niveau ?

Et comment. La perspective est plus que tentante, il me reste toutefois une question.

—Quelle est la politique de la maison vis-à-vis des animaux de compagnie ? On peut les amener à l'agence ?

—Non, et ça vaut pour tout le monde.

—J'ai un chien que je ne peux pas laisser seul.

Ralph a un tic : il se passe la main dans les cheveux comme s'il vérifiait qu'ils étaient encore tous bien là. Pas un ne manque à l'appel. Plutôt pas mal pour un type de son âge.

—C'est une condition *sine qua non* ?

—Oui, désolé.

—Quel genre de chien ?

—Difficile à dire.

—Grand, petit, moyen ?

—Petit.

—Il est propre ? Il ne va pas faire ses besoins partout, j'espère.

—Non.

Ralph se lève et me tend la main par-dessus la table.

—Tristan va me tuer, mais, bon, on s'en fout.

Chapitre 6

De ma vie, je crois que je n'ai jamais rien vu d'aussi drôle. Polly était là quand c'est arrivé, juste à côté de moi, nos skis calés dans la neige, perpendiculaires à une pente infernale. C'était la piste noire de Tortin, une sympathique descente à quarante-cinq degrés dans le creux d'une vallée glaciaire en haut de la station de Verbier. On n'avait pas prévu de prendre ce trajet, mais on avait manqué le dernier télésiège qui nous aurait permis d'accéder à une piste plus facile pour rentrer à l'appartement qu'on louait à plusieurs à Nendaz. En bref : on n'avait plus le choix. La chose se présente sous la forme d'une longue traversée au sommet qui permet d'accéder à la piste, mais en empruntant une pente si raide qu'à un moment, on est presque en chute libre. Au départ, on se contente de longer la crête en espérant trouver un accès moins vertigineux, mais en fait, non, ça reste partout pareil, sauf que les bosses qui boursouflent la piste en dessous deviennent de plus en plus énormes, au point qu'elles finissent même par ressembler à des Coccinelle Volkswagen. Pour couronner le tout, cette année-là, il n'y avait pas eu une chute de neige depuis des semaines. Résultat, on skiait sur de la glace.

Clara était de loin la meilleure skieuse du groupe. Moi, je suis nul. J'ai toujours été nul. Polly est à peu près du niveau de Clara ; quant au mec de Polly, Jannie, un géant sud-africain, son cas était presque aussi désespéré que le mien. L'autre couple – Martin et Miranda – se débrouillait à peu près. L'accès à la piste de Tortin nous remet tous au même niveau : le premier bout de descente nous dégomme les uns après les autres. On se lance, on tente de rester vertical, mais quoi qu'on fasse, on finit par s'étaler. Ensuite, on se relève, on se brosse, on récupère ses skis, et on regarde en bas, le cœur serré par l'angoisse.

Et c'est reparti. Clara prend la tête en slalomant entre ces bosses monstrueuses en dérapage contrôlé, suivie par Martin et Miranda qui font de leur mieux pour l'imiter. Polly reste en arrière, parce qu'elle s'inquiète gentiment pour Jannie et moi. Sauf que Jannie n'a pas l'habitude de dépendre de la prévenance d'une femme – en bon Cro-Magnon boer qu'il est – et ça le rend de plus en plus hargneux. Son humeur ne s'arrange pas quand il voit que j'arrive à m'en tirer plus ou moins. Prétextant une crampe au mollet, il se laisse tomber sur les fesses et nous ordonne de passer devant en disant qu'il va nous rattraper.

Un peu plus bas, Polly vire devant moi pour s'arrêter.

— On ferait mieux de l'attendre.

La nuit commence à tomber et Jannie n'est plus qu'une tache sombre sur le versant neigeux. Polly lui fait signe. Aucune réaction du côté de Jannie. Il se cramponne à ses bâtons pour se relever, puis, soudain, il hurle :

— Tout est dans le mental ! Engagé ! Face à la piste !

Tout ça avec un gros accent sud-africain. Dix secondes plus tard, il nous dépasse, mais en vol plané et à une allure ahurissante. À cela s'ajoute qu'il est à l'envers, vertical et la tête en bas. Un «putain» bien sonore résonne juste avant que sa tête aille cogner contre une bosse.

Plus tard, nous sommes arrivés à le faire rire de sa mésaventure, et, au restaurant, Polly et moi, on en rit encore. Elle s'en étrangle.

— Pauvre Jannie, la honte! Son amour-propre en a pris un sacré coup!

Nous sommes d'excellente humeur, Polly et moi. Polly apprécie de respirer l'air de la grande ville après un mois passé dans la cambrousse, et nous avons descendu quasiment toute une bouteille de champagne chez moi pour trinquer à mon nouveau boulot. L'idée, c'est de la terminer en rentrant. Polly a accepté ma proposition de l'héberger pour la nuit. Elle a posé son sac de voyage sur mon lit. Elle va coucher dedans – dans mon lit, je veux dire. Moi, je vais prendre le canapé. J'ai été très clair là-dessus. Doggo va devoir se trouver un autre endroit où dormir, comme, par exemple, le panier à chien en mousse ridiculement cher que Clara lui a acheté et sur lequel il n'a pas posé les yeux depuis qu'elle est partie.

Inévitablement, nous parlons de Clara, mais elle ne surgit dans la conversation qu'au milieu du dîner. Polly a dans l'idée qu'elle est à Bali. Ça ne m'étonnerait pas outre mesure. Clara a toujours été fascinée par Bali. Avant de croire aux anges, elle a eu sa période bouddhiste, et l'île est bourrée de temples bouddhistes. Je me demande si Kamael va se plaire là-bas. Est-ce qu'il va être heureux comme un roi

51

ou au contraire bouder dans son coin ? J'ignore la politique des bouddhistes en matière d'anges gardiens. Je note dans un coin de ma tête de vérifier plus tard sur Internet.

L'autre avantage de Bali, en ce qui la concerne, c'est le nombre d'artistes et d'artisans au mètre carré. Elle sera comme un poisson dans l'eau au milieu de toute cette tripotée de peintres, de potiers, de tailleurs de pierre et d'orfèvres. Elle est styliste free lance sur des spots publicitaires pour la télévision – c'est par ce biais qu'on s'est rencontrés –, mais l'intitulé du job ne rend pas justice à sa créativité. Elle est très douée de ses mains et elle a en permanence un projet en cours : elle dessine, elle peint, elle fabrique ses propres bijoux, ses vêtements. J'ai le secret espoir qu'elle est partie pour répondre à l'appel de l'art, ce qui aurait l'avantage d'expliquer la situation tout en m'exonérant de tous les torts. Supposition que je confie aussitôt à Polly, laquelle se contente de ricaner.

— Tu parles, le vrai problème, c'est qu'elle n'a aucune suite dans les idées. Elle était déjà comme ça quand on était petites. Inconstante et égoïste.

— Tu crois ?

— Tout doit toujours tourner autour d'elle. Enfin, tu vois bien, pour s'amuser à disparaître sans mettre personne au courant, il faut être complètement infantile.

Elle agite les mains en l'air pour faire les marionnettes.

— Ainsi font, font, font… trois petits tours et puis s'en vont. Hop ! Je suis partie ! Où je suis ? Ah ben non, je ne vais pas vous le dire.

Je n'étais pas sans savoir que Polly et Clara avaient parfois quelques petites difficultés de communication

– ça arrive dans les meilleures familles –, mais je ne me doutais pas que Polly avait aussi peu d'estime pour sa sœur.

— Franchement, Dan, je n'en reviens pas que tu sois arrivé à la supporter aussi longtemps. Tu es très compréhensif.

— Ou juste très faible.

— Sûrement pas. Tu n'es pas faible. C'est bien la dernière chose que je dirais de toi.

Dans sa lettre, Clara a écrit que Polly avait de l'admiration pour moi. Sur le moment, j'ai trouvé ça idiot et je n'ai pas voulu y croire, mais la lueur qui brille dans le regard brun posé sur moi y ressemble un peu quand même. *Non*, me dis-je aussitôt en mon for intérieur, *il ne faut pas, c'est mal.*

— Ah oui ? Tu dirais quoi de moi, alors ?

— Que tu es drôle. Tu m'as toujours fait mourir de rire.

— Et c'est tout ?

Elle élude en se cachant derrière son verre de vin.

— Bon, ça suffit. Assez parlé de toi. Si on parlait de moi ?

C'était tout sauf inévitable. J'ai même tout fait pour que ça soit évitable : j'ai déroulé mon sac de couchage sur le canapé et j'ai réglé le réveil pour Polly dans la chambre. Je l'ai laissée occuper la salle de bains la première. C'est elle qui, en sortant de la salle de bains, met fin à tout ce cinéma.

— Bon, je peux aller me coucher de mon côté, et toi, tu peux aller te coucher du tien, et puis je peux attendre un petit moment avant de revenir dans le séjour pour te proposer de me rejoindre. Ça me va très bien, pas de problème même si tu ne veux pas

– me rejoindre –, mais si ça te tente, autant ne pas perdre trop de temps, parce que je dois me lever tôt demain matin…

Elle est là, devant moi, aguicheuse et totalement craquante dans son long T-shirt blanc.

— Clara a dit qu'elle allait me tuer si je couchais avec toi.

— Tu crois qu'elle en serait capable ?

— Je pense que c'était plutôt une façon de parler.

— Il n'y a pas de raison qu'elle le sache.

Elle lève la main droite, le petit doigt replié sous le pouce.

— Parole de scout.

— Tu n'as pas été scout.

— Alors là, si ! J'étais une très mauvaise jeannette, mais une jeannette quand même.

— Oui… Une très très vilaine petite jeannette.

Et voilà ma Polly qui sourit et qui fait un pas vers moi.

— Si ça n'arrive pas maintenant, ça ne se fera jamais.

Elle me tend la main.

— Tu t'en remettrais, toi ? Moi pas.

Des deux sœurs, si Clara est l'artiste, Polly est la plus sportive : elle a joué au hockey sur gazon dans l'équipe du Hampshire il y a quelques années. Je ne sais pas à quoi je m'attendais, à une gymnastique vigoureuse, peut-être un peu mécanique. Je n'aurais pas pu me tromper plus. Au lit, c'est une coulée de miel, onctueuse, tranquille. J'ai le plus grand mal à ne pas me laisser engloutir. Si je cherche à me venger, c'est la revanche la plus douce que j'aie jamais prise, et qui ne souffre aucune comparaison. Elle est totalement différente de Clara, suprêmement à l'aise dans son corps.

Plus tard, Clara est d'ailleurs mentionnée en passant.

— Elle doit être folle d'avoir laissé tomber tout ça.

Polly lèche la peau humide de mon cou, puis elle me murmure encore à l'oreille :

— Ce serait dur de ne pas adorer le truc.

— Oui, dur dur, c'est le cas de le dire.

Elle est sur moi et je suis encore en elle, ce qui fait que je la sens rire de l'intérieur.

C'est la crotte de chien archétypale : parfaitement enroulée, le bout relevé, la pointe en l'air comme ces imitations qu'on trouve dans les magasins de farces et attrapes. Et elle m'attend juste devant la porte de la chambre quand je me lève pour préparer le thé le lendemain matin.

Dans la lueur glauque qui filtre à travers les stores vénitiens, je vois Doggo couché en rond sur le sac de couchage au milieu du canapé. Je sais très bien qu'il fait semblant de dormir.

Je bougonne en passant près de lui pour aller à la cuisine.

— Ça va, j'ai compris.

Rien. Pas même un frémissement d'oreille. Quelle performance ! «Et l'Oscar du meilleur chien qui fait semblant de roupiller est attribué à…»

Chapitre 7

Mon premier jour à l'agence est enfin arrivé, et c'est d'un pas tout guilleret que je traverse Soho. Doggo doit sentir que je suis de bonne humeur, car il trottine joyeusement à côté de moi.

—Stop!

Je veux qu'il s'arrête avant de traverser Broadwick Street, mais il n'obéit pas, du moins pas tant que la laisse ne se tend pas à son maximum.

—Tu te souviens de ce qu'on a dit? On regarde à droite, on regarde à gauche, et de nouveau à droite.

Il me dévisage comme si j'étais fou. Je m'accroupis, et je montre du doigt en répétant la leçon.

—À droite. À gauche. Encore à droite.

À ma grande surprise, ses yeux suivent les mouvements de mon doigt.

—T'as vu ça? C'est trop chou!

Deux filles obèses arrivent vers nous en vacillant sur leurs hauts talons.

—Qu'est-ce qui est chou? demande l'autre. Un type bizarre qui parle à son clébard bizarre?

Leurs gloussements s'éloignent avec elles vers Wardour Street.

Je rassure Doggo:

—N'écoute pas ces deux…

Je m'arrête. J'aime autant ne pas lui apprendre de gros mots.

La matinée est consacrée à me présenter aux collaborateurs de l'agence. Ça commence par une assemblée générale dans la salle de réunion, qui regroupe une vingtaine de personnes en tout. Ralph fait un discours, et moi je souris, gêné, et puis tout le monde retourne à son poste. Phase deux, je fais le tour de la boîte avec Tristan et Edith (sans oublier Doggo qui se conduit comme si cette petite cérémonie avait été organisée tout exprès pour lui et qu'il ne sait pas encore trop s'il apprécie ses nouveaux collègues).

Margaret, à la comptabilité, nous accueille froidement.

— Elle a un chat, se contente de dire Tristan alors que nous repartons.

Edith n'a pas l'air de comprendre.

— Et alors ?

— Alors maintenant, elle veut savoir pourquoi elle ne peut pas l'amener à l'agence elle aussi.

Son ton ne laisse aucun doute sur ce qu'il pense de la présence de Doggo.

Les locaux occupent deux côtés de la cour. Verrière de toit, plancher en sapin naturel, design et ameublement minimalistes. L'ensemble donne une impression de calme, tout en créant une atmosphère positive qui suggère l'efficacité. Il y a beaucoup d'espace inutilisé, comme nous le fait remarquer Tristan.

— Nous avons de la marge pour nous agrandir. Ça tombe bien, notre objectif, c'est la croissance.

Ralph a débuté dans la pub dans les années 1970 et il n'est pas très amateur de la grande mode de l'open space qui a gagné les immeubles d'entreprise. Les chargés de clientèle et les planners bénéficient de bureaux individuels. Tristan trouve ça très bien.

— Quand on est en train de faire son bla-bla à un client, la dernière chose dont on a envie, c'est que tout le monde puisse vous entendre vendre votre salade.

Je ne suis pas sûr qu'il plaisante.

Le responsable pour la campagne Swosh! s'appelle Patrick Stubbs. Patrick est un type de mon âge ou un peu plus, à un ou deux ans près, l'air intelligent et réservé. Je repère sur son bureau une photo encadrée d'un garçon plus jeune que lui, un blond à la mâchoire carrée… Il nous fait le topo.

— KP & G nous a à la bonne. Si on remporte le marché, ils peuvent avoir des tas d'autres trucs à nous confier. Donc vous portez une grosse responsabilité tous les deux.

Il s'adresse à Edith et à moi, mais une lueur ironique dans son regard complète le message: alors surtout, ne croyez pas qu'on vous met la pression.

— On est au taquet, dit Edith.

Tristan la reprend.

— On est tous au taquet, vous, vous allez devoir mettre le turbo.

Edith a l'air vexée par ce recadrage bien inutile. Nous savons parfaitement que les délais sont courts et que l'enjeu est énorme.

Je me tourne vers elle.

— Bon, le turbo, je crois que c'est dans nos cordes, non?

— Oui, c'est sûr.

Mais son ton n'est pas très enthousiaste.

Le département création est constitué d'une série de bureaux qui donnent dans une grande salle de jeu commune, comme dans toutes les agences du monde. Il y a un billard (incontournable), un baby-foot et un jeu de fléchettes, ainsi que quelques autres activités imposées de haute lutte par des générations de créas qui sont arrivés à convaincre des types en costard-cravate que la détente était essentielle pour trouver l'inspiration. J'adore jouer au billard (surtout pendant les heures de bureau, quand je suis payé pour), mais je dois avouer que je n'ai jamais eu même la moitié d'une bonne idée en faisant la casse ou en envoyant une bille dans le trou. En général, le déclic arrive à l'improviste quand j'attends pour passer à la caisse au supermarché, ou en rentrant à vélo de ma partie de foot sous le Westway le jeudi soir, ou en vidant le lave-vaisselle. La muse ne frappe jamais où et quand on l'attend – en tout cas, pas chez moi.

— Tu joues au billard ? me demande Tristan.

Je ne suis pas assez fou pour dire la vérité.

— J'ai eu quelques-unes de mes meilleures idées en jouant au billard.

— Edith ne sait pas jouer.

— Mais si, elle sait, c'est juste qu'elle ne sait pas qu'elle sait.

À part nous, il y a deux autres équipes créatives. Je me suis déjà trouvé à leur place, et je devine ce qui se passe dans leurs têtes. Ils ont beau nous faire de grands sourires et nous accueillir à bras ouverts, personne n'aime voir débarquer un nouveau venu dans une agence, et encore moins deux. Edith et moi sommes des rivaux en puissance, des ennemis susceptibles de leur piquer leurs plus beaux clients.

— J'ai beaucoup aimé ton boulot sur le beurre tartinable.

Cette flatterie vient d'un type qui s'appelle Seth, et à n'en pas douter elle est à double tranchant. Doute aussitôt confirmé quand il cite l'accroche que j'ai trouvée : « Vite fait, bien fait. »

Ce n'est pas exactement mon plus grand fait d'armes, mais c'est quand même mieux que ce qu'avait suggéré Fat Trev : « On remarque à peine le goût des vingt-cinq pour cent d'huile végétale qui permet à cette merde de s'étaler. »

Seth fait équipe avec Megan, une directrice artistique australienne à la tignasse exubérante, grande en taille et forte en gueule.

— Super, bienvenue à bord, les mecs ! Comment s'appelle cette chose ?

— Doggo, pour l'instant, mais c'est provisoire.

— C'est quoi, comme race, cet étalon ?

De toute évidence, elle a repéré ses roubignoles.

— Je ne sais pas.

— Quoi, il n'a pas de pedigree ce beau spécimen ?

Le type qui vient d'ajouter son grain de sel s'appelle Connor, genre Irlandais aux cheveux plats et barbe de trois jours, et il se fait fusiller du regard par Doggo.

— Merde, il comprend ce qu'on dit ?

— Bien sûr que non, intervient alors Clive, le directeur artistique en team créatif avec Connor. Juste, il se méfie des baratineurs irlandais.

Mes préférences par ordre d'arrivée sont : Clive en un, Megan en deux, Seth en trois et Connor bon dernier.

— Et en quel honneur, déjà, on est obligés de se taper un chien au bureau ? demande Megan.

Et la voilà qui dégringole aussitôt de deux places.

— Daniel a posé cette condition pour signer.

Tristan me jette un regard qui signifie que, à partir de là, c'est mon problème. Je ne peux pas lui en vouloir. Il n'est pas au courant. Personne n'est au courant.

— C'était le chien de ma fiancée.

L'emploi du passé (auquel vient s'ajouter l'idée que ladite fiancée est dans l'impossibilité de s'occuper du chien) peut laisser supposer qu'elle a été frappée par un sort cruel – un cancer, peut-être, ou un accident de la route. Personne n'ose poser la question.

Doggo semble tout à fait satisfait de son nouveau bureau. On y a mis un grand canapé en cuir rien que pour lui. Il l'essaie, et l'adopte. Les fenêtres donnent sur la cour, et la pièce est suffisamment large pour contenir deux bureaux séparés par le canapé de Doggo. C'est un superespace. J'y serai bien pour cogiter. Edith a provisoirement posé ses affaires au fond, mais elle n'a pas l'air de se sentir à l'aise. Il ne faut pas oublier que c'est un grand jour pour elle – passer de la réception à un bureau au cœur de l'action, c'est une sacrée promotion. Elle a encore l'impression de ne pas y avoir droit. C'est sans doute pour cette raison qu'elle ne dit pas grand-chose. Elle se demande si les créas vont l'accepter, elle, la petite réceptionniste, et la trouver légitime. La réponse est simple : pas avant qu'elle ait fait ses preuves en produisant un super-boulot qui, fatalement, va aussi éveiller leur jalousie.

J'essaie de la rassurer une fois que nous nous retrouvons seuls.

— Ne te laisse pas intimider par eux.

— Tu parles, ils ne me font pas peur.

— Pourtant il faut se méfier. Les agences, c'est des paniers de crabes, surtout quand elles sont aussi petites que celle-ci.

Edith cesse alors de jouer la comédie.

— C'est l'horreur! Dire que c'est censé être un des plus beaux jours de ma carrière. J'ai eu ma mère au téléphone ce matin, elle en pleurait de joie. Elle t'a même googlé.

— Qui, moi? *Oh, my God!*

— Non mais, sérieusement, je ne sais même pas comment on est censés fonctionner. Comment on travaille ensemble? Tu faisais quoi avec Fat Trev?

— On se balançait des boulettes de papier la plupart du temps, mais nos tables étaient beaucoup plus proches l'une de l'autre qu'ici, alors il va sans doute falloir qu'on utilise des élastiques.

— C'est vrai que tu es un peu loin.

— Y a qu'à se rapprocher.

Il nous a fallu une heure pour tout réaménager. Nos bureaux sont presque côte à côte, tournés face à nos fenêtres sur cour. Le canapé (et donc Doggo) a été poussé dans l'espace libéré par le bureau d'Edith. Ça peut sembler anecdotique comme changement, mais c'est une façon de nous approprier les lieux. Je fixe l'instant pour la postérité en prenant une photo avec mon téléphone.

Edith est prête à passer à l'étape suivante.

— Bon, et maintenant?

— Cette question! On va déjeuner. Je t'invite.

Je l'emmène dans un restaurant que je connais dans Lexington Street, un peu glauque à moins d'avoir la chance qu'une des quatre tables de bistrot serrées dans la minuscule arrière-cour soit libre, ce qui, heureusement, est le cas.

Edith me demande de l'appeler Edie. Elle a envie de parler boulot, et moi aussi, mais pas comme elle croit. Ce que je veux, moi, c'est qu'elle déballe le linge sale d'Indology, les rouages secrets, les amitiés, les rivalités, les vérités et les zones d'ombre. Pas seulement par curiosité malsaine, soit dit en passant : je sais d'expérience que les informations de ce genre sont capitales pour naviguer sans faire de vagues dans une nouvelle entreprise.

Après presque un an à la réception, Edie est une mine de potins. J'apprends des tas de choses (entre autres, qu'elle préfère le chardonnay au sauvignon blanc, et qu'après deux verres une adorable roseur teinte son cou pâle et gracile). Les révélations importantes sont les suivantes : Megan et Seth étaient chargés de la campagne d'affichage Swosh ! et peinaient dessus depuis un bon bout de temps quand Edith a parlé de son idée de photos de baisers en noir et blanc à Patrick, qui l'a mentionnée à Tristan, qui a fait passer à Ralph, qui a trouvé le concept excellent et a donné son feu vert à Edith pour se lancer. Ralph aime bien Patrick. Il le trouve fin et sympathique, tout en l'estimant un poil trop gentil, peut-être pas tout à fait assez agressif pour les gros budgets que devrait décrocher un vraiment bon commercial. De son côté, Tristan, l'ancien journaliste, est arrivé à prendre la place de numéro deux après avoir apporté des fonds importants pour renflouer la boîte (pas des deniers personnels). Il est marié à une avocate, et ils ont un fils encore petit.

Edie prend facilement sa défense, ce qui est logique puisque c'est Tristan qui l'a soutenue et que c'est un peu grâce à lui qu'elle a été bombardée directrice artistique. Ne jamais mordre la main qui vous nourrit, comme on dit. Un adage dont je ferais bien de me souvenir aussi, semble-t-il, car c'est Tristan qui a proposé mon nom pour former le duo avec Edie en disant que je serais le concepteur-rédacteur idéal.

— Il a une très haute opinion de toi.

Je suis humain et normalement sensible à la flatterie, même si je vois mal pourquoi Tristan Hague s'abaisserait à s'intéresser à moi et à mes œuvres. Edie a dû détecter mon scepticisme.

— Tu n'as qu'à lui demander si tu ne me crois pas. Bon, on peut parler de la campagne, maintenant ? On ne va pas rentrer au bureau les mains vides.

Moi, je n'ai pas l'impression d'avoir perdu mon temps : je suis prévenu. Je sais maintenant que, en toute logique, Megan et Seth veulent nous voir échouer, que Tristan a très envie que nous réussissions, que Patrick a besoin de nous, et que c'est Ralph, en bout de course, qui prend les décisions.

Voilà le tableau tracé à grands traits, qui s'affinera avec le temps, c'est certain.

Chapitre 8

Ça n'est pas drôle de rentrer chez soi tous les soirs dans un appartement vide, mais, le pire, ce sont les week-ends.

Avec Clara, on avait un deal : même quand on était accablés de travail, on gardait nos samedis et nos dimanches pour nous. On avait aussi décidé de partir deux jours en virée une fois par mois dans notre vieille petite Peugeot. (Notre Peugeot ? Non, *ma* Peugeot. La voiture est à moi.) On se chargeait de l'organisation à tour de rôle. Celui qui emmenait l'autre conduisait et gardait la destination secrète jusqu'à la dernière minute pour faire la surprise du petit hôtel ou du pub bien choisis où on s'arrêtait pour passer la nuit.

J'ai emmené Clara à Ely dans les Fens du Cambridgeshire (où ce qui était autrefois les Fens avant l'assèchement des marais qui les a transformés en pâturages). Il y a aussi eu Studland Bay sur la côte du Dorset, et Stratford-upon-Avon pour voir *La Nuit des rois*. Elle m'a fait connaître les cercles de menhir néolithiques d'Avebury et les thermes de Bath, et elle m'a emmené faire du parapente (dans un doux vallon du Surrey). Une de mes initiatives les moins inspirées avait été de prendre des places pour un match de foot du cinquième tour de la coupe d'Angleterre, Portsmouth contre Southampton.

Tous ces souvenirs ne veulent-ils rien dire ? Ne me reste-t-il que des illusions ? J n'est pas le seul à m'avoir confié ses doutes sur Clara depuis qu'elle s'est taillée Dieu sait où (enfin, s'Il le sait… rien n'est moins sûr). La plupart de mes amis m'ont laissé entendre, d'une façon ou d'une autre, qu'elle était quand même un peu difficile à gérer, et que nous n'étions pas faits l'un pour l'autre. Je me demande combien de temps je vais pouvoir continuer à me persuader qu'ils se trompent, et que ce qu'on vivait de fort, on le vivait en privé.

Polly m'a envoyé un texto hier, même si nous avions promis de ne pas nous contacter avant au moins deux semaines :

Pourquoi est-ce que je ne me sens pas tellement coupable ? x

Parce que tu es complètement immorale, petite dévergondée x

LOL. Tu me manques. Pardon, je ne devrais pas dire ça x

Je serais flatté si tu n'étais pas au fin fond du pays de Galles x

Ça n'est pas si mal x

Menteuse x

Je me souviens de tout tout tout de notre nuit géniale. Merde, je recommence. Ne t'en fais pas, il faut que je file. Ma bande de petits bourges gâtés réclame ses hamburgers, et devine qui est de corvée barbecue xx

En relisant cet échange plus tard, je suis frappé par sa légèreté. Clara et moi, on aurait été incapables de produire une chose pareille. Je ne sais pas si ça venait d'elle ou de moi, mais on était souvent plombés. Ce qui se passe entre Polly et moi, c'est une réaction chimique incontrôlée, une bête sauvage tapie au fond des bois. Je suis plus que tenté de reprendre la conversation en cours, mais finalement je me contente de sortir Doggo pour sa dernière crotte de la journée.

J'adore le quartier où je vis. Mon appartement est dans Chesterton Road, une rue située dans le prolongement de Golborne Road qui commence en haut de Portobello Road. Ça n'est plus tout à fait Notting Hill, mais, d'après moi, c'est justement ce qui fait son charme. L'atmosphère est plus brute de décoffrage, plus authentique. Évidemment, les habitants de longue date doivent trouver que leur coin a perdu tout son caractère depuis qu'il a été envahi par d'ignobles bobos dans mon genre. N'empêche, le quartier reste encore un joyeux mélange d'Afrique du Nord et de Portugal, de boutiques branchées et de dépôts-ventes, de quincailleries du bâtiment et de spécialistes de vélos haut de gamme qui fourguent leur matos au prix d'une moto. Et sur tout ce petit monde veille l'imposante masse de Trellick Tower, héritage de l'architecture brutaliste des années 1960, qui se dresse à l'extrémité nord de Golborne Road.

Je vis là depuis trois ans, et je ne me vois plus habiter ailleurs. J'adore, même le samedi quand la Terre entière débarque au marché, que des hordes de promeneurs envahissent les rues, et que la foule déborde des trottoirs sur les chaussées. Doggo, je le sens, commence à bien aimer lui aussi, peut-être parce que les cuisiniers marocains qui fument leurs cigarettes à la porte de leurs restaurants lui jettent des restes quand on passe pour notre pèlerinage du soir vers Athlone Gardens. Athlone Gardens, les latrines de Doggo, le square où il fait gentiment ses besoins naturels que je m'empresse, tout naturellement, de ramasser dans un sac.

Dans les comédies romantiques américaines, la meilleure façon pour le héros de rencontrer des jolies filles, et de les ramener dans son lit, c'est d'avoir un chien. Vous vous rencontrez à Central Park (le chien de la fille, par exemple, essaie de grimper sur le vôtre – une inversion des stéréotypes par toutous interposés destinée à mieux faire passer le parallèle un peu primaire). Vous vous quittez assez gênés, bien décidés à garder vos distances afin d'éviter à l'avenir une répétition de ce pénible micmac, *et cetera, et cetera*, le reste dans la même veine jusqu'à la scène finale à l'église, quand, en pleine cérémonie, juste au moment où vous échangez vos consentements, le chien de la mariée essaie une fois de plus de monter le vôtre. (Rires nourris.)

Le dimanche matin, à Kensington Gardens, les dames qui promènent leurs chiens n'ont plus d'âge ; à côté, ma grand-mère est un perdreau de l'année, et les rares qui sont en forme ici sont… eh bien, sont vraiment très en forme. Il faudrait être un athlète accompli pour avoir la moindre chance d'échanger ne serait-ce que deux mots avec elles vu la vitesse à laquelle elles courent, accompagnées de leurs élégants chiens de race efflanqués qui bondissent sur leurs talons.

Même avec la meilleure volonté du monde, on ne pourrait pas classer Doggo dans la catégorie des « élégants chiens de race efflanqués ». C'est un petit roquet courtaud, un corniaud des familles, un bâtard pur jus. Force est de constater, toutefois, qu'il n'en a absolument pas conscience. C'est une chose que j'ai remarquée au bureau cette semaine. Il se comporte avec une dignité royale, comme si tous les yeux étaient braqués sur lui et qu'il ne pouvait pas se permettre le moindre faux pas de peur de décevoir la foule de ses admirateurs. Il trouve donc Kensington Gardens – lieu de déambulation des chiens et des promeneurs de la haute – absolument au poil. Il y est dans son élément, et il a l'air de s'y sentir tellement chez lui que j'en viens même à me demander s'il n'y est pas déjà venu. À la réflexion, rien n'est moins sûr. Malgré son comportement plein de morgue et d'assurance, il n'a pas l'air de très bien connaître les lieux.

C'est la première fois depuis le départ de Clara que je l'emmène ici pour le laisser courir en liberté et qu'il se dégourdisse les pattes. Ça ne l'intéresse pas. Il s'éloigne bien de temps en temps pour renifler le pied d'un arbre, mais toujours en gardant l'œil sur moi. Je suis touché par les petits regards qu'il me jette : c'est le signe d'une confiance dont il n'avait encore jamais fait preuve. (Il n'est pas exclu, cela dit, qu'il s'imagine que c'est lui qui me promène et non l'inverse, auquel cas il veille simplement à ce que je ne fasse pas de bêtises.)

Il fait un magnifique temps de mai. Le ciel est dégagé, le soleil brille, et je décide de nous offrir un petit tour en barque sur la Serpentine. Intrépide, Doggo saute à bord et se plante à l'avant, pattes sur la proue, scrutant l'eau tel un capitaine sur sa dunette. Il a l'air aussi surpris que moi par les frissons qui agitent son arrière-train et les petits gémissements qui lui échappent chaque fois que nous croisons des canards. Je n'ai pas l'impression qu'il apprécie particulièrement d'être soumis aux bas instincts qui agitent les chiens ordinaires.

Hier soir, j'ai bien failli décider de sécher le déjeuner dominical chez ma sœur. À l'instant où elle ouvre sa porte, je regrette de ne pas m'être écouté. Elle pousse un gémissement d'horreur.

— Au secours, un chien !

J'adore Emma. Si, bien sûr que je l'aime. C'est elle qui a assuré quand maman et papa se sont séparés, c'est elle qui les a remplacés. C'est juste que cela fait cinq ans que je ne l'ai pas vue, enfin, pas la vraie Emma, pas la sœur qui m'aurait serré sur son cœur et qui aurait plaisanté en voyant ma bouteille de gros rouge. Je ne sais pas pourquoi, elle est devenue complètement maniaque. Voir arriver son frère avec un chien est une contrariété inattendue, un détail fâcheux qu'il va lui falloir intégrer à la planification minutieuse des quelques heures qui vont suivre.

— Ne t'inquiète pas, il est presque propre.

— Dan…

— Je blague, Ems.

Emma et Duncan ont deux enfants. Milo, un petit chou de deux ans perpétuellement grognon, qui est quelque part à l'étage en train de faire dodo, sans doute assommé au Calpol (son sirop pour bébé). Alice, six ans, est bien là, en revanche. Elle joue du piano dans la cuisine-salle à manger. C'est pour la voir que je suis quand même venu.

— Qui est-ce qui nous casse les oreilles comme ça ? Ah, c'est toi !

Elle me repère *illico*.

—Oncle Dan!

Elle se laisse glisser de son tabouret de piano et galope pour se jeter sur moi.

—Qu'est-ce que tu m'as amené?

—«Apporté», corrige Emma dans mon dos.

—Je ne sais pas ce qui te fait penser que je t'ai amené quelque chose.

—Parce que j'ai toujours un cadeau. T'es mon parrain.

Ses yeux deviennent grands comme des soucoupes quand elle voit Doggo.

—Tu m'as amené un chien?

Emma ne lâche pas l'affaire.

—«Apporté». Non, c'est le chien d'oncle Dan.

—Il s'appelle Doggo, mais je veux bien lui changer son nom si tu trouves mieux.

Alice réfléchit, sérieuse comme un pape, puis rend son verdict.

—Doggo, je trouve ça bien comme nom.

Je fais mine d'être soudain très surpris.

—Hé, mais dis donc, qu'est-ce que c'est que ça?

Je cherche dans la poche arrière de mon jean et j'en tire un paquet emballé dans du papier cadeau.

—Tiens, qu'est-ce que ça fait là?

—C'est pour moi! C'est pour moi!

Elle découvre la chaînette en argent et le pendentif qui y est accroché, dont je lui révèle la signification.

—C'est le symbole de la paix.

—Pourquoi?

—Parce qu'il y a trop de guerres et de gens qu'on tue dans le monde.

— Tu n'as qu'à lui montrer des photos de massacres sur Internet pendant que tu y es, crie Emma qui est retournée à ses fourneaux.

Alice a l'air enchantée.

— C'est trop beau ! Tu me le mets ?

Duncan est dans le jardin, en train d'agiter un morceau de carton devant le barbecue.

— Cette saloperie de charbon est humide. Il est resté dans la remise tout l'hiver. Sympa de te voir, Dan.

Il s'interrompt pour me serrer la main.

C'est un mec bien, Duncan, le genre qu'on voudrait avoir à côté de soi si par malheur on se retrouvait coincé au fond d'une tranchée, le genre à qui on pourrait dire : « Duncan, mon vieux, le capitaine m'a demandé d'aller faire une petite virée de reconnaissance dans le no man's land, mais j'ai une sale migraine. » Alors Duncan, toujours serviable, proposerait de prendre votre place, il reviendrait sain et sauf, bien sûr, et il récolterait sans doute une médaille pour sa peine. Pas grand-chose à voir avec la ribambelle de paumés qu'Emma a fréquentés avant lui, et au contact desquels j'ai découvert les cigarettes, Bob Dylan et tout un tas d'insultes intéressantes.

— Désolé pour toi et Clara, j'ai appris... J'aurais parié cinq contre un que vous alliez tenir la longueur.

Duncan est un parieur invétéré. Il voit la vie à travers une grille de probabilités. Il ne joue plus pour de l'argent : Emma le lui interdit, sauf au travail, bien sûr, vu qu'il est trader d'obligations pour une banque italienne.

Il persiste à vouloir me rassurer.

— Tout n'est peut-être pas perdu.

—J'en doute.

Et c'est vrai. J'admets que je viens de passer deux semaines à m'apitoyer sur mon sort – oscillant entre incrédulité, tristesse et colère –, mais je ne vais certainement pas me ridiculiser en continuant à idolâtrer une fille qui vient de me jeter comme un malpropre.

Duncan a quand même l'air triste pour moi.

—Alors comme ça, elle est partie sans rien dire? Et tu ne sais toujours pas où?

—Non.

Duncan recommence à agiter son carton.

—Je l'aimais plutôt bien.

—Ah bon?

—Oui vraiment. Enfin, la plupart du temps.

—Je suis sûr qu'elle sera touchée d'apprendre que tu l'aimais «plutôt bien» la «plupart du temps».

Depuis que je le connais, Duncan a toujours ri pareil, sur commande, comme un mauvais acteur. Ça ne rate pas cette fois non plus, et son ricanement sonne toujours aussi faux.

—Ha ha ha! C'est clair qu'elle n'était pas toujours facile.

C'est une façon aimable de dire qu'elle travaillait sacrément du chapeau.

Je suis le premier arrivé, mais je ne suis pas le seul invité. Il y a un couple que j'ai déjà rencontré plusieurs fois, Hugo et Lucinda, et la fille qu'ils ont invitée pour moi, Fran, qui est analyste financière à la banque de Duncan. Je suppose qu'elle a été invitée pour moi parce qu'on a le même âge (à un poil près) et qu'elle est célibataire. Manque de chance, elle est aussi mal lunée, susceptible et sarcastique. D'entrée de jeu, elle dit du mal de Doggo, d'Islington (le quartier où nous sommes tous réunis), et elle se débrouille pour laisser tomber une remarque perfide sur les parents qui n'arrêtent pas de radoter sur leurs enfants. C'est assez prodigieux d'arriver à se mettre toutes les personnes présentes à dos en moins de vingt minutes.

Pendant que Duncan essaie d'empêcher le gigot d'agneau papillon de carboniser, j'observe Fran assise en face de moi à la table de jardin. Comment une personne aussi intelligente peut-elle être autant en décalage ? On dirait qu'elle a décidé de se livrer à une sorte de hara-kiri social dans le seul but de ne plus jamais être invitée nulle part.

Cette attitude la rend très intéressante, bien sûr, mais seulement parce qu'elle est aussi très jolie. Si tel n'était pas le cas, elle serait toute seule chez elle à l'heure qu'il est.

Et puis vient la remarque de trop, un commentaire sur l'obsession des classes moyennes pour le bio. Ça sort tout seul.

— Si tu n'étais pas si belle, tu serais toute seule chez toi à l'heure qu'il est.

Emma est scandalisée.

— Dan !

— Oh, mais je le sais très bien, dit Fran en posant sur moi un regard amusé. Et merci, c'est la première chose sincère que j'ai entendue depuis que je suis arrivée.

— Il n'y a pas que la sincérité dans la vie, s'indigne Hugo.

Fran l'ignore, et reste les yeux rivés sur moi.

— Continue, je t'en prie.

— Après toi.

74

Elle prend le temps de donner une rondelle de salami à Doggo, qu'il happe gloutonnement.

— Pourquoi est-ce que ta petite amie est partie ?

— C'est de la triche.

— Tu n'as pas dit qu'on n'avait pas le droit de poser de questions.

— Bon, d'accord. Parce que je ne crois pas aux anges.

— Ah non ? Pourquoi ?

— Parce qu'il n'y a aucune preuve de leur existence.

— Ah, un empiriste. Et si tu ne les voyais pas, les preuves, alors qu'elles crèvent les yeux ? Évidemment, si tu t'attends à voir des auréoles et des ailes ! C'est peut-être d'autres signes qu'il faut chercher.

Elle s'interrompt une seconde avant d'ajouter :

— Peut-être que, moi, je suis un ange.

Impossible de résister.

— Très réussi, le camouflage.

Fran est la première à rire.

Duncan a une très bonne cave et, le vin aidant, Emma finit par se détendre. Fran aussi. Elle a fait savoir qui elle était – je me présente, Fran, la misanthrope de service –, mais elle est assez intelligente pour comprendre qu'il serait grossier de trop forcer le trait. Elle raconte même une adorable anecdote sur les mésaventures d'un hérisson avec un balai de jardin, qui nous fait tous hurler de rire.

Je débarrasse et je me retrouve seul à la cuisine avec Emma, occupée à saupoudrer son gâteau au chocolat maison avec du sucre glace.

— Désolée de t'avoir imposé Fran. Je ne sais pas ce qui a pris à Duncan.

— Je l'aime bien.

— Mon pauvre, tu dois être plus désespéré que je ne le croyais !

Je rafle une framboise dans un bol.

— Arrête !

— Juste une, Ems.

— Je savais que j'aurais dû acheter une autre barquette au marché.

Je n'aurais jamais cru entendre ma sœur dire ça un jour.

— Je devrais pouvoir me racheter avec deux « Notre Père » et deux « Je vous salue Marie ».

Comme on a été baptisés catholiques, on a le droit de blaguer sur les curés. Quand Emma me demande comment se passe mon nouveau job, je lui dis la vérité, à savoir que je suis très content d'avoir retrouvé du travail, d'être comme tout le monde, et de gagner de l'argent.

— Alors, qui a pris la place de Fat Trev ? Encore un type qui se balade en tongs ?

— Une fille. Elle s'appelle Edie. Diminutif d'Edith.

Elle me jette un de ces regards entendus dont elle a le secret.

— Intéressant. Quel âge ?

— Vingt-cinq.

— Jolie ?

— Pas mal.

— Mais encore ?

Je suis en train d'essayer de lui décrire Edie, lorsque je me souviens que j'ai une photo d'elle dans mon téléphone, celle que j'ai prise quand on a réaménagé le bureau. Elle pose au milieu de la pièce avec un grand sourire, les bras tendus, l'air de dire « et voilà le travail ».

Emma réagit tout de suite.

— Comment ça, pas mal ? Elle est supercanon ! La pétasse.

Ah ! ma sœur, te revoilà enfin. Il était temps.

Je lui explique qu'Edie a un mec, Douglas, et qu'ils sont ensemble depuis la nuit des temps, enfin, en tout cas depuis qu'ils se sont rencontrés à l'université, à Cambridge.

— Elle est allée à Cambridge ? Tu lui as dit que tu avais essayé d'y entrer et qu'on ne t'avait pas pris ?

Elle commence à être un peu fatigante.

— Oui, Ems, je le lui ai dit…

— Tu lui as dit que moi j'avais été prise ?

— Bizarrement, tu n'es pas encore venue dans la conversation.

— Ça ne durera pas, leur truc. Les relations d'université ne durent jamais.

Quoi qu'il arrive, c'est hors de question. Douglas ou pas, l'idée de vivre avec une collègue me glace d'horreur. Passer toute la journée ensemble, et puis, ensuite, les nuits ? Claustrophobie assurée.

— Je deviendrais dingue. Je rongerais mes barreaux au bout d'une semaine. Je me connais.

— Moi aussi, je te connais. Tu changeras d'avis à la seconde où tu tomberas amoureux d'elle.

— J'avais oublié qu'une grande sœur a toujours raison.

Je tends la main pour reprendre une framboise.

— Grande sœur a dit : pas touche !

Alice me prend à part au moment où je m'apprête à partir pour me rappeler que c'est bientôt son anniversaire. Elle a aussi une question difficile à me poser, à laquelle seul un parrain est capable de répondre, je suppose. Elle veut savoir si les clochers des églises ont la forme qu'ils ont parce qu'en fait ce sont des fusées construites pour emmener les morts au ciel. Je l'embrasse et je lui dis que j'ai la filleule la plus intelligente de la Terre entière.

Pas moyen de me faire ramener chez moi en voiture parce que Hugo et Lucinda vivent au nord, après Stoke Newington. Du coup, Fran, Doggo et moi-même nous dirigeons vers Upper Street pour trouver un taxi. Ces deux dernières semaines, j'ai eu l'impression d'être détaché de tout, comme désincarné, de flotter au-dessus de l'existence. L'honnêteté brutale de Fran est rafraîchissante et me ramène sur Terre. Avec elle, plus question de flotter.

— Quand Duncan m'a invitée à ce déjeuner, ça m'a bien fait rire.

— Pourquoi ?

— Doggo a compris, lui. Hein, Doggo ?

Doggo lève les yeux vers elle.

— Tiens, tu vois !

— Tu viens de lui donner à peu près un kilo de viande, évidemment qu'il te regarde quand tu l'appelles.

Fran se contente de rire.

— Alors, qu'est-ce que cette invitation avait de si drôle ?

— Duncan sait très bien que je peux être épouvantable.

— Il est peut-être maso.

— Ou sadique.

— Pourquoi, sadique ?

— Allez, ne fais pas l'idiot, tu sais aussi bien que moi pourquoi il m'a invitée.

— Non, vas-y, dis-moi.

— Pour toi, bien sûr.

Je ne réponds qu'après un temps de réflexion.

— Tu te flattes un peu, non ? Peut-être que c'est moi qui suis le cadeau, et que c'était pour te faire plaisir à toi.

— Eh, merde… Je suis tellement narcissique que ça ne m'avait même pas effleurée.

Elle habite près d'Earl's Court, et il est donc logique de partager le taxi au moins une partie du chemin. Doggo et moi, on descend à Marble Arch, où Fran refuse le billet de dix livres que je lui propose pour participer au prix de la course.

— Hors de question. Et pour ta gouverne, je ne dirais pas non.

— À quoi ?

Elle lève les yeux au ciel.

— À ton avis !

— Bon, très bien, je vais y réfléchir à tête reposée.

Elle a un très joli sourire quand elle veut.

— Ça vaut mieux comme ça. Je t'aurais fait du mal.

— Tiens, et pourquoi donc ?

— Je ne sais pas. Je travaille là-dessus en analyse.

Elle n'en a pas encore fini.

— Je viens de faire à quelqu'un ce que ta fiancée vient de te faire. Si tu crois qu'elle s'éclate, tu te trompes.

Chapitre 9

Le concours, c'est l'idée de Megan. Ça ne pouvait pas plus mal tomber, et quelque chose me dit qu'elle le sait parfaitement.

Patrick doit présenter le projet à KP & G vendredi après-midi, ce qui veut dire qu'Edie et moi, on doit avoir trouvé quelque chose d'ici mercredi, fin de journée dernier carat, parce que Josh et Eric à l'exécution ont besoin d'au moins une journée pour maquetter la proposition client. L'épée de Damoclès au-dessus de nos têtes ne tient plus qu'à un fil. La dernière chose dont on ait besoin, c'est de se lancer dans un concours interne pour trouver un nom définitif à Doggo.

J'essaie de décourager Megan, mais elle s'entête. J'ai sans doute un peu sous-estimé son désir de nous voir échouer.

— Allez, quoi, soyez cool, ça va être marrant!

Elle est venue nous traquer jusque dans notre bureau avec sa grosse truculence australienne agressive destinée à nous rappeler que nous sommes des Anglais chiants et coincés. Je n'ai pas encore absolument déterminé si Seth est dans le coup. S'il ne sait rien, ça ne l'empêche pas d'insister depuis le pas de la porte, du ton de celui qui se doute qu'il y a anguille sous roche, mais qui patauge un peu.

— Allez, soyez cool…

Le plus énervant, c'est qu'ils se servent de Doggo contre nous, mais au fond pourquoi pas ? Ne dit-on pas qu'il faut faire feu de tout bois, même du bâton qu'on a tendu pour se faire battre ? Je m'arrache à ma chaise.

— Bon, d'accord, go ! Doggo, viens, on va te trouver un nouveau nom.

Edie me regarde comme si j'étais devenu fou. Quant à Doggo, il ne bouge pas du canapé.

— Tu peux le faire bouger, s'il te plaît ? je lance à Megan d'un ton détaché, tout en faisant mine d'être profondément concentré sur la lourde tâche qui consiste à éteindre mon ordinateur.

Elle claque dans ses mains.

— Allez, viens, Doggo.

Comme il ne réagit pas, elle approche pour le faire descendre *manu militari* du canapé, et…

Elle pousse un cri en reculant.

— Il m'a mordue !

— Doggo ! Tu n'as pas honte ? Vilain Doggo !

J'inspecte la main de Megan.

— C'est rien. C'était juste pour jouer, ça ne saigne pas.

— Juste pour jouer ! Sale bête !

Si les regards pouvaient tuer, Doggo aurait *illico* passé l'arme à gauche.

— Bon, tant pis, on n'a qu'à s'amuser à lui donner un nom une autre fois.

Je prends un ton tellement hypocrite que mes intentions ne font plus aucun doute. Je l'ai bien eue, elle le sait et elle ne peut plus rien dire. Elle bat en retraite en se soufflant sur la main, entraînant Seth dans son sillage.

Je me laisse tomber sur le canapé à côté de Doggo, et je lui donne un Choco Drops sous les yeux étonnés d'Edie.

— Tu ne devrais pas faire ça.

— Faire quoi?

— Il va croire que tu le récompenses parce qu'il a mordu Megan.

— Ah? Tu crois?

En voyant un autre Choco Drops disparaître entre les babines gourmandes de Doggo, elle comprend enfin.

— Je ne me doutais pas que tu étais aussi machiavélique.

— Légitime défense, votre honneur. C'est elle qui a commencé.

Il n'y a pas de règles dans la création. Peu importe d'où vient l'inspiration, du moment qu'elle vient. Si elle vient…

Edie et moi, on a passé nos cerveaux à la moulinette. Certaines idées ne sont pas mauvaises, mais aucune n'emporte le morceau. Même Ralph, qui semble avoir totalement confiance en nous, commence à douter. Il convoque un conseil de guerre dans son bureau.

— Je sais que ça ne servirait à rien que je vous mette la pression.

— Mais ça n'est pas le moment de s'endormir, ajoute Tristan en plaisantant – ou presque.

Nous sommes tous d'accord sur un point: les images sont excellentes et elles marchent. Elles sont mystérieuses, accrocheuses, discrètement érotiques. Le mérite en revient à Edie. Elles n'ont pas été achetées dans une banque d'images. C'est elle qui a dirigé les séances photo. Elle a l'œil, la sensibilité indispensable à un bon photographe. Contrairement à moi, même si j'ai appris à reconnaître cette qualité chez les autres. Edie s'est débrouillée pour rendre les bains de bouche sexy. Plus encore, elle a associé le produit au plus universel des plaisirs – le baiser. Qui n'aime pas embrasser ? Les bonnes sœurs, me direz-vous. D'accord, sauf que les bonnes sœurs ne sont pas tout à fait notre cœur de cible.

Il ne manque que la petite phrase qui signera le tout. La meilleure trouvaille du lot pour l'instant est : « *Just Say No* » (« Dites non, et puis c'est tout ») collé au « *Just Do It* » de Nike. Le texte fonctionne bien avec les images sensuelles, et suggère l'idée que des forces incontrôlables vont se libérer si on se rince la bouche avec ce produit, mais Patrick trouve qu'il demande trop de connivence avec le consommateur qui doit avoir le slogan de Nike présent à l'esprit pour apprécier. Tristan y est encore plus opposé. Il est convaincu que la signature doit contenir le nom du produit. Comme c'est le boss, il n'y a pas à discuter. Nous avons quarante-huit heures pour trouver.

En cas de pression trop grande, je contre-attaque en affichant une optimiste désinvolture, alors qu'Edie, visiblement, préfère prendre le stress à bras-le-corps et le plaquer au sol avec un cri animal. Je sais que cette technique marche pour certains, tout comme je conçois que ma décontraction puisse quelque peu lasser ceux qui ne la partagent pas.

— Dan, qu'est-ce que tu fous !

— Quoi?

— Tu ne pourrais pas arrêter de jouer au sudoku sur ton iPhone? C'est gonflant.

— Chut!

Je me mesure à une joueuse qui s'est connectée sous le pseudo de Madame Butterfly, et si je la bats (enfin, je dis « elle », mais il y a de grandes chances que ce soit en fait un mécanicien bulgare velu, ainsi va le monde de nos jours), ça sera le signe que tout se passera bien pour Edie et moi – on trouvera l'idée qui tue et on décrochera le marché. Il y a sans doute de meilleures façons de s'assurer de la réussite, mais c'est un challenge que je me suis lancé, et il faut que j'aille jusqu'au bout.

Le blip de Madame Butterfly me bat au poteau.

— Merde.

— Quoi?

— Elle m'a eu.

— Qui ça?

— Madame Butterfly.

Edie secoue la tête.

— Je commence à comprendre pourquoi Fat Trev a disjoncté.

On ne se connaît pas encore bien tous les deux, et on est encore en train de se tester, mais j'aime déjà beaucoup Edie. Elle est intelligente, drôle, ambitieuse et bosseuse. Mais ça n'est pas tout. Il émane d'elle quelque chose de beaucoup plus difficile à définir et qui vient de la façon particulière qu'elle a d'habiter l'espace. On sent en elle une assurance tranquille, une grâce nonchalante, une vraie dignité. Partager un bureau avec elle, c'est comme d'être assis au pied d'un grand arbre (alors que partager un bureau avec

Fat Trev, c'était comme de pogoter dans la fosse d'un concert de thrash metal).

Elle rend mes journées nettement plus agréables. Je me réjouis de la voir tous les matins, et je me sens un peu plus seul quand nous nous quittons à Oxford Circus à la fin de la journée, elle pour prendre le métro, la Victoria Line vers le sud pour rentrer à Pimlico, et Doggo et moi pour prendre le bus, le 23, qui nous ramène à Ladbroke Grove.

Madame Butterfly me propose une revanche, mais je ferme mon téléphone et je me tourne vers Edie.

— Viens, on sort. On a besoin de prendre l'air.

Peu de gens le savent, et d'ailleurs ça m'étonne toujours, mais il n'est pas nécessaire d'entrer dans un musée pour voir de belles choses. C'est vrai, pourquoi faire la queue pendant des heures et payer des fortunes pour aller se battre dans la cohue de la dernière exposition, tout juste passable, à la Royal Academy ou à la Tate Modern, alors que les plus belles œuvres d'art du monde peuvent être vues pour rien dans les grandes salles des ventes ? Quels que soient vos goûts, Christie's, Sotheby's et Bonhams organisent des ventes qui vous combleront, à peu près toute l'année. On y trouve de tout, sous diverses dénominations, depuis « Les antiquités égyptiennes » jusqu'à « L'art chinois contemporain ». Ce que je préfère, c'est ce qu'ils classent dans « L'art européen d'après-guerre » (bien que j'aime beaucoup aussi « Les dessins de grands maîtres »).

Les grandes ventes, celles qui font les gros titres des journaux, sont celles intitulées « Impressionnisme et art moderne », parce que c'est là que les enchères crèvent tous les plafonds. L'année dernière, à New

York, Sotheby's a vendu un pastel du *Cri* d'Edvard Munch pour la somme astronomique de soixante-quatorze millions de livres. À l'approche du grand jour, j'ai sérieusement caressé l'idée de monter dans un avion pour aller le voir. Le tableau était resté caché chez des particuliers quasiment depuis le dernier coup de crayon, et, selon toute probabilité, il allait de nouveau se retrouver dans une collection privée (ce qui fut le cas, en effet). Pour un bref moment, il a été montré au public. Il suffisait d'entrer dans la salle d'exposition et de le regarder. Maintenant il a redisparu, pas pour toujours, j'espère, mais je serais surpris qu'il refasse surface avant que je casse ma pipe. La dernière fois, il est resté hors circuit pendant plus d'un siècle.

C'est là tout l'intérêt des ventes aux enchères : on y fait de grandes rencontres, brèves et uniques. C'est comme croiser le regard d'une très belle femme dans la rue.

Je ne raconte pas tout ça à Edie en la faisant entrer chez Christie's dans King Street. Un gardien en uniforme noir approche pour nous intercepter.

— Désolé, monsieur, mais nous n'acceptons que les chiens guides.

— C'est un chien d'assistance émotionnelle.

C'est l'excuse que j'utilise dans le bus maintenant. Le ton est bien rodé, une légère variation autour de mon personnage du collectionneur geek et neurasthénique.

— Un chien d'assistance émotionnelle ?

Il lance un coup d'œil à Edie, qui répond par un doux sourire un peu préoccupé.

— Bon, dans ce cas, je pense que ça peut aller. Entrez.

C'est une très bonne vente, probablement la meilleure que j'aie jamais vue. Je savais où je m'embarquais, parce que j'ai étudié le catalogue en ligne. Sur une quarantaine de lots, il y a trois Renoir, cinq Picasso, deux Matisse, un Van Gogh, deux bronzes de Giacometti. Certaines des pièces maîtresses sont plutôt décevantes (on ne peut pas se faire une idée précise d'après un catalogue). Inversement, il y a un paysage de Bonnard qui avait l'air plat et terne sur mon portable, mais qui, en chair et en os, vibre de la chaleur d'un après-midi provençal. On entend presque chanter les cigales.

Je suis toujours un peu triste devant un Van Gogh, et pas seulement parce que je pense aux tourments psychologiques que ce génie a endurés ni à cause de sa mort prématurée. Ce qui me chagrine, c'est de savoir qu'il s'est suicidé sans avoir conscience de l'impact extraordinaire que son œuvre allait avoir sur le monde de l'art. Seule une poignée de ses contemporains avaient compris quel visionnaire et quel prophète il était.

Le tableau mis en vente est une petite huile sur toile représentant l'asile de la région d'Arles où il a séjourné à la fin de sa vie. Bien reconnaissable à ses tourbillons de bleus, de violets et d'orange, le tableau était estimé entre dix et douze millions de livres. Une somme absurde quand on songe que, de son vivant, Van Gogh parvenait à peine à gagner de quoi se nourrir.

Edie, qui, je commence à m'en apercevoir, a l'esprit de contradiction, n'est pas d'accord avec moi, même si on sent bien que c'est surtout par jeu qu'elle discute. D'après elle, ça n'a aucune importance, puisque, au bout du compte, il ne restera plus de nous que quelques os et notre réputation. Van Gogh en avait peut-être conscience. Peut-être a-t-il préféré mourir au sommet de son art plutôt que de devenir un type ordinaire qui aurait vaincu sa dépression et qui aurait continué à produire des œuvres plus médiocres pendant encore quarante ans.

— C'est comme Steffi Graf.

— Quoi, Steffi Graf ?

— C'était une joueuse de tennis.

— Oui, merci, je sais qui c'est.

— Steffi a compris ça, elle. Elle a arrêté de jouer au sommet de sa carrière : je suis la meilleure, au revoir et merci.

— C'était peut-être sa connaissance intime de l'œuvre de Van Gogh qui l'a poussée à prendre cette décision.

— Si c'est tout ce que tu trouves à répondre, reconnais que c'est moi qui ai raison.

— Sûrement pas. Van Gogh ne s'est pas tué parce qu'il voulait passer à la postérité.

— Qu'est-ce que tu en sais ? Ça n'a rien d'impossible.

Edie a l'air de bien s'y connaître en art, mais elle n'est pas du genre à la ramener. Au terme d'une petite investigation, je finis par apprendre qu'elle a grandi dans un milieu de gens cultivés et littéraires, fille unique d'un compositeur, critique musical à ses heures, et d'une mère potière et archéologue amateur. Ils la traînaient sans arrêt dans des expositions et à des concerts quand elle était petite. C'est pareil pour J : il a été exposé à la culture dès son plus jeune âge, et il a absorbé son savoir par osmose, sans s'en apercevoir. J'avoue que je les envie secrètement ces gens-là. À la maison, pour Emma et moi, il n'y avait pas grand-chose à absorber.

— Moi, mon père, c'est un universitaire de gauche de la vieille école. Il considérait la musique et la peinture comme des avatars de la bourgeoisie. Peut-être un peu moins maintenant.

— Et ta mère?

— On ne contredisait pas mon père, ça valait mieux pour tout le monde.

Mais qu'est-ce qui m'a pris? Je n'avais aucune intention de me plaindre de mon enfance. L'idée, c'était juste d'aller voir des œuvres d'art, parce qu'une bonne œuvre d'art, ça aide à prendre de la distance et à y voir plus clair dans ses propres malheureuses ambitions créatives. Parfois même, ça inspire et ça permet de trouver des solutions.

Mais aujourd'hui, rien à faire. En tout cas, ça ne marche pas tout de suite. Rien ne se passe avant qu'on reprenne le chemin de l'agence et que, arrivé sur Piccadilly, je dise à Edie qu'il va peut-être falloir se contenter de notre « *Just Say No* ».

Elle n'est pas du tout, mais alors pas du tout d'accord.

— Moi, j'aime de moins en moins! Ça rappelle trop les avertissements sur les paquets de clopes.

Je connais cette sensation. C'est toujours pareil – un frisson qui court en travers des épaules.

— Ça y est!

— Quoi?

— Bravo, t'as trouvé.

— Quoi? Qu'est-ce que j'ai dit?

La maquette est plus que convaincante. Il fallait plus de tension entre l'image et la signature, et ça marche. Dans un encadré noir qui occupe tout le bas de la photo du baiser, on peut lire en grosses capitales noires sur un fond blanc – SWOSH! NUIT GRAVEMENT AU CÉLIBAT.

Ralph est ravi, et pas seulement parce que nous avons réussi à caser le nom du produit dans le texte. Il trouve l'idée impactante et disruptive, et il pense que cette petite pointe d'humour dirigée contre notre société surprotectrice obsédée par la santé et la sécurité va plaire à un large panel de la population. Et puis on peut décliner à l'infini. Nous lui présentons quelques variantes. Celle qu'il préfère est : FUMER TUE. PAS SWOSH! Ça n'est pas pour tout de suite, mais ça viendra à point plus tard quand il sera temps de faire évoluer la campagne. Les clients adorent les concepts à rallonge. Ils ont l'impression d'en avoir plus pour leur argent.

Ralph jubile.

— J'adore. Je ferais la présentation moi-même si je n'étais pas sûr que Patrick allait se débrouiller comme un as.

Le susnommé est prévenu : si après ça il se plante…

De retour dans notre bureau, Edie me semble un peu perturbée.

— Tristan n'a pas dit grand-chose.

— Qu'est-ce que tu voulais qu'il dise ?

— Il a toujours quelque chose à dire.

— Peut-être qu'il n'a pas aimé.

— Tu crois ?

Elle me jette un coup d'œil inquiet depuis le canapé où elle s'est assise pour caresser distraitement Doggo.

Je fais encore une petite tentative.

— Ou alors il s'économise. Il ne veut pas tirer toutes ses cartouches à la fois.

— Tu crois?

Je crois surtout que c'est sacrément bizarre de parler de Tristan alors qu'on vient de recevoir les félicitations du grand homme. On ne pouvait pas rêver mieux.

— Ne t'en fais pas pour Tristan. Si tu veux t'inquiéter, demande-toi plutôt si Patrick va assurer vendredi. Il n'y aura qu'un seul élu.

C'est un gros client et une petite agence. La nouvelle fait vite le tour de la boîte. Clive et Connor sont les premiers à venir nous voir. Ils ont l'air sincèrement admiratifs du résultat et contents pour nous. Megan et Seth sont presque aussi convaincants. Megan plaisante, venimeuse.

— Bien joué, mon salaud.

— En fait, c'est Edie qui y a pensé.

— Pas vraiment, intervient Edie timidement.

Megan montre ses grandes dents.

— Il va falloir accorder vos violons, les gars.

Ma seule crainte, c'est que le client trouve ça un peu trop osé, mais je n'en parle pas à Edie. Au contraire, je tâche de la rassurer en lui rappelant que même si nous ne sommes pas pris, elle a impressionné Ralph, ce qui est tout à fait aussi important.

— Et puis ça serait quand même scandaleux qu'on accepte ta première idée. Moi, ça n'a marché qu'au bout de cinq fois, et encore, c'était un petit encart de magazine, une pub pour une prothèse auditive : « Vous devenez sourd ? Achetez ça. »

Ça la fait rire.

— Merci, dit-elle avec une vraie chaleur. C'était gentil tout à l'heure, mais je n'ai aucun mérite. Ce n'est pas moi qui ai trouvé l'idée.

— C'est toi qui as parlé des avertissements sur les paquets de clopes en premier.

— Oui, mais je n'ai pas fait le lien. C'est toi qui as vu le truc.

— Seulement parce que tu as prononcé la phrase. Écoute, ce qui est à moi est à toi... à nous. Ça s'appelle le travail d'équipe.

Elle ne répond pas tout de suite.

— En fait, Dan, tu es un type bien.

Je suis touché par l'intensité de sa reconnaissance.

— Va dire ça à Clara.

C'est une réponse nulle, dégoulinante de mièvrerie, et qui ne pouvait pas tomber plus mal à propos vu la question que me pose ensuite Edie :

— C'est qui, Polly ?

Je suppose d'abord, assez bêtement, que nous poursuivons toujours la même discussion.

— La sœur de Clara, pourquoi ?

C'est seulement à ce moment-là, et trop tard évidemment, que je comprends : j'ai posé mon iPhone dans la station d'accueil du bureau d'Edie pour le recharger, et un texto vient d'arriver et de s'afficher sous ses yeux.

— Parce qu'elle a superenvie que tu la baises de nouveau.

Je me fige, mortifié, cherchant désespérément quoi répondre.

— Comme tu disais… je suis un type bien…

On en rit encore quand Tristan surgit.

— On peut savoir ce qui vous amuse autant?

— Sûrement pas, je réponds.

— Là, tu m'intrigues.

Je vois qu'Edie chancelle sous le regard scrutateur que lui lance Tristan, mais je la fais taire net.

— N'y pense même pas!

Elle bat en retraite avec un coup d'œil d'excuse en direction de Tristan qui, à son tour, capitule en esquissant un sourire crispé.

— Comme vous voudrez, les enfants. Je voulais juste vous féliciter pour ce beau boulot. Quoi qu'il arrive vendredi, vous aurez bien défendu notre honneur.

Chapitre 10

Salut, Polly. Une de mes collègues a lu ton texto x
Oups! Les mots de passe, tu connais? X
D'accord, c'est ma faute, c'est vrai x
Je ne le ferai plus, c'était une blague. C'était pour voir ta réaction x
Hilarant. Donne-moi cinq minutes pour me remettre x
Il ne t'en a fallu que deux la dernière fois x
Arrête!
Et le baiser?
X
Je préfère. Tu fais quoi ce week-end? X
Je vais voir mon grand-père dans le Sussex x
Sussexy! Si tu changes d'avis, il y a un chouette hôtel à Aberystwyth xx
Encore une blague, ou tu es sérieuse? Xx
Ni l'un ni l'autre. J'ai menti. J'ai superbesoin que tu me baises de nouveau xx
Impossible xx
Je le dirai à Clara si tu refuses xx
Elle ne t'enverra plus de carte à Noël xx
Ah! Ça fait du bien de se marrer. On n'en a pas trop l'occase par ici xx

Et ainsi de suite. Pas très malin sans doute, mais c'est toujours plus drôle que de comater sur le canapé à côté de Doggo devant une comédie romantique avec Jennifer Aniston. Au bout d'un moment, je demande à Polly si je peux lui téléphoner. C'est bon d'entendre sa voix. Je lui dis que je suis surpris que Clara n'ait toujours pas donné signe de vie. Je suis inquiet. J'ai peur qu'il ne lui soit arrivé quelque chose.

— Non, ça va, t'inquiète.

Il s'avère que Clara a téléphoné à leurs parents pour donner des nouvelles. On se trompait tous les deux : Bali, c'était une fausse piste. Clara est en Nouvelle-Zélande.

— Surtout, ne dis à personne que je t'en ai parlé.

La Nouvelle-Zélande… Va savoir pourquoi ça me laisse une sale impression. Clara a bossé à la déco d'un clip musical en mars, tourné par un jeune réalisateur néo-zélandais qui profitait du voyage pour enchaîner quelques jobs haut de gamme. Est-ce que ça pourrait tout bêtement être ça ? Clara prétendait qu'elle n'accrochait pas avec lui, mais, en y repensant, elle le critiquait juste un tout petit peu trop. *Il faut toujours qu'il ait raison, ce type… il est trop sûr de lui… c'est un maniaque, il est obsédé par les détails…* En bref, tout ce qu'elle apprécie chez un homme, tout ce qu'elle aimait chez moi.

Quel triple idiot ! J'aurais dû comprendre plus tôt. Je me sens très mal tout à coup. Qui se barrerait à l'autre bout du monde dans l'espoir qu'une vague attirance puisse se concrétiser en une véritable histoire ? Certainement pas Clara ; elle a trop l'esprit pratique pour partir au hasard. Non, elle savait ce qui l'attendait, et j'en conclus donc – au bord de la nausée – qu'elle a couché avec ce type à mon nez et à ma barbe. (C'était quoi son nom, déjà ? Wayne ? Je vérifierai plus tard.)

J'ai besoin de savoir la vérité, et tant pis pour les conséquences. Je m'en fous, je n'y pense pas plus que je n'ai pensé à la possibilité qu'elle me trompait. À la seconde où je termine ma conversation avec Polly, j'appelle Fiona, la meilleure amie de Clara. Fiona et moi, on s'est toujours plutôt bien entendus, même si elle appartient à la catégorie des « amis » qui, j'en ai conscience, vont peu à peu disparaître de ma vie maintenant que je ne suis plus avec Clara. Je lui ai téléphoné plusieurs fois ces dernières semaines, et nous avons devisé très agréablement, mais quelque chose me dit que, cette fois, la conversation ne va pas être aussi sympathique.

Après quelques politesses d'usage, j'annonce à Fiona que je songe à avertir la police. Panique à bord.

— La police ? C'est peut-être pas la peine…

— On ne sait jamais. Si ça se trouve, elle est partie en Nouvelle-Zélande pour baiser avec un connard de réalisateur qui l'a tabassée à mort avant de l'enterrer dans la montagne.

Le silence nous tombe dessus comme un seau d'eau glacée sur la tête.

— Ah, oui d'accord… très drôle…

— Va te faire foutre, Fiona. J'étais malade d'inquiétude, au cas où tu n'aurais pas compris.

— Elle m'a fait promettre de ne rien te dire.

— Qu'elle aille se faire foutre, elle aussi.

Je lui raccroche au nez. C'est infantile, je sais. Son texto arrive quelques minutes plus tard : *Si elle a eu besoin de prendre le large, tu devrais peut-être te demander pourquoi.*

Jennifer Aniston verse une petite larme à l'écran pendant que je tape furieusement ma réponse : *Que les choses soient claires, tu ne peux pas te permettre de me faire la leçon. À moins que Will soit au courant pour Otto ?* Will, c'est son mec, et Otto, un architecte du cabinet où elle travaille. Je veux qu'elle sache que je suis au courant de ses petites entorses au contrat ; je veux aussi qu'elle sache que Clara est loin d'être l'amie discrète et loyale qu'elle imagine. Quelques légères frictions en perspective. Cocu, lâché par tout le monde, je n'ai plus rien à perdre. Qu'elles dégustent un peu elles aussi. Tenez, prenez ça, vous allez voir si ça fait du bien les mensonges, l'humiliation, vous allez voir si c'est agréable. Moi, franchement, les filles, je n'en ai plus rien à cirer.

Je m'en voudrai sûrement à mort plus tard, mais là, tout de suite, ça me permet de considérer avec beaucoup plus d'indulgence mon petit intermède avec Polly. Je me sens même tellement mieux que j'envisage sérieusement de la rappeler pour lui demander l'adresse de ce fameux hôtel à Aberystwyth.

— Eh, Doggo, ça te dirait un week-end au pays de Galles ?

Il ne me jette pas même un coup d'œil, en transe devant Jennifer qui, adorable dans sa détresse, chasse ses larmes du revers de la main.

En fin de compte, je n'appelle pas Polly. Je ne peux pas faire faux bond à mon grand-père, même s'il n'a pas la moindre idée que je dois aller le voir, et si, comme c'est arrivé la dernière fois, il aura du mal à me resituer dans la constellation brumeuse des membres de la famille et des amis qui passent lui rendre visite de temps à autre. Il faut savoir que j'adore mon grand-père, et je veux en profiter tant qu'il a encore quelques neurones. Je ne me le pardonnerais jamais si je laissais filer le temps et que, à ma prochaine visite, son cerveau ne fonctionnait plus du tout.

Le film se termine, le générique défile, et Doggo fait quelque chose de tout à fait inédit : il aboie. Je l'ai déjà entendu pousser un glapissement étranglé une fois, parce que je lui avais marché par accident sur la patte dans la cuisine, mais, là, c'est autre chose, et la sonorité est étonnamment grave et puissante pour un animal de cette taille – un peu comme si un enfant de chœur aux joues rondes et roses ouvrait la bouche pour entonner *Ol' Man River* d'une voix de basse ultraprofonde.

— Chut, Doggo.

Il refuse de s'arrêter même quand je lui mets un autre film pour le distraire. Il ne peut quand même pas avoir eu le coup de foudre pour Jennifer Aniston. À moins que… ? C'est une idée absurde, mais dans la mesure où il continue son boucan, je me dis que ça ne coûte rien d'essayer. Je mets Film4+1 qui diffuse les mêmes programmes avec une heure de décalage. À l'instant où les images reviennent, vers la moitié du film, Doggo se tait et se réinstalle, ses gros yeux ronds écarquillés pour ne pas rater une miette de Jennifer qui se promène dans la rue en bavassant dans son portable.

Je ris et je pose une main prudente sur le dos de Doggo. Il est trop absorbé pour protester.

— Tu as bon goût, petit coquin.

Chapitre 11

Ralph est aux anges quand l'équipe rentre à l'agence vendredi en fin d'après-midi. Apparemment, Patrick s'est surpassé et a excellemment vendu notre idée aux grands pontes de KP & G. Tristan y était lui aussi, et trouve que ça s'est très bien passé.

— Comparé à quoi ? lance Ralph.

Serait-il en train de remettre Tristan à sa place ?

Nous n'aurons pas la réponse avant la semaine prochaine, mais Ralph tient absolument à ce que nous filions sur l'heure tous les cinq – enfin, tous les six en comptant Doggo — au bar-terrasse de l'hôtel Sanderson pour boire un verre. Il tient à préciser que ça n'est bien sûr pas pour fêter notre succès par avance, mais pour se féliciter d'un travail bien fait.

— Personne ne pourra dire que nous n'y avons pas mis tout notre cœur. Je trouve important de valoriser aussi les petites victoires.

Je suis d'accord avec lui ; on est fait du même bois, Ralph et moi. Edie et Tristan en revanche ont l'air moins convaincus. Ils préféreraient être sûrs que l'affaire est dans le sac avant de trinquer. Patrick, lui, est simplement content d'être couvert de louanges (et, je pense aussi, de s'être assuré son boulot pour quelque temps encore).

On siffle deux bouteilles de champagne pendant que Doggo lape un bol d'eau que lui a gentiment apporté notre serveuse attentionnée. Je ne me suis pas senti aussi bien depuis longtemps, en phase avec mes nouveaux collègues, ma nouvelle vie, et toute cette atmosphère bon enfant. Je pique même une cigarette à Edie.

Ralph n'attendait que cette occasion.

— Fumer tue, pas Swosh !

Nous rions avec un bel ensemble, comme il se doit. Edie est la première à s'en aller, suivie de peu par Tristan. Vient ensuite le tour de Patrick qui nous souhaite un bon week-end et s'esquive. Ralph demande l'addition.

— Alors, Dan, tu te plais à Indology ?

— Beaucoup.

— J'ai l'impression que c'est le début d'une très bonne relation. De travail entre toi et Edie, je veux dire.

— Oui, moi aussi.

— Tu n'es pas obligé de dire oui à tout parce que je suis le patron.

— Si, un peu quand même.

Il s'esclaffe.

— Allez, dis-moi ce que tu penses vraiment de tout ça.

— Si je le faisais, tu me virerais.

Voilà que ça recommence. Je m'approprie les bons mots de Fat Trev. Peu importe. Trev n'est pas là pour m'accuser de plagiat et c'est le genre d'insolence qui plaît à Ralph. Je commence à bien l'aimer, ce type, pas à cause de sa jovialité dictatoriale, mais pour ses petites élégances, comme celle de proposer de prendre un verre au bar-terrasse du Sanderson pour que Doggo puisse venir au lieu de le laisser enfermé à l'agence, ou d'insister pour nous reconduire dans sa Bentley, alors que ça lui impose un gros détour.

J'essaie d'obliger Doggo à se coucher à mes pieds, mais il ne veut rien entendre. Il m'escalade pour passer sur la banquette arrière – qui n'est de son point de vue qu'un canapé en cuir comme un autre où faire la sieste.

— C'est un drôle de petit gaillard, ton protégé, observe Ralph. D'où est-ce qu'il sort ?

Je lui raconte ce que je sais de son histoire, c'est-à-dire pratiquement rien. Je lui parle aussi de Clara et de son départ impromptu, sans pour autant m'étendre sur la Nouvelle-Zélande et Wayne Kelsey. (Je l'ai cherché sur Internet, la Toile est littéralement saturée de photos de sa gueule de beau gosse au menton décidé, une physionomie qui lui permettrait facilement de s'octroyer le rôle du héros dans son tout premier long métrage qu'il essaie de mettre sur pied, «un thriller psychologique dans l'esprit de *Rebecca* de Hitchcock». Sauf que c'est *Rebecca* de Daphne du Maurier, espèce d'ignare de Kiwi illettré !)

Ralph résume la situation en deux mots – «Sale histoire !» avant d'y aller de son petit conseil, une méthode qu'il a mise au point quand sa première femme l'a quitté pour un jeune Hollandais.

— C'est tout simple. Il y a trois choses que tu dois te répéter sans arrêt, comme un mantra : elle a laissé passer la chance de sa vie… Je ne suis pas une vache à lait… Elle s'en mordra les doigts.

Il tape plusieurs fois sur le volant pour reprendre son souffle et éviter de s'étouffer de rire.

Nous approchons de chez moi quand il lâche brusquement :

— Ne te laisse pas sadiser par Tristan. S'il commence à faire de l'autorité, viens me trouver.

— D'accord, merci.

— C'est un type intelligent, mais pas autant qu'il le croit. Parfois il ferait mieux de se taire. Cet après-midi par exemple, il n'arrêtait pas d'intervenir pour occuper le devant de la scène. Heureusement que Patrick a pu garder le rythme.

Voilà qui explique pourquoi il a mouché Tristan tout à l'heure.

En y repensant plus tard dans mon bain, il me vient à l'esprit que Ralph a ni plus ni moins essayé de faire de moi son lieutenant. Ça n'est pas forcément mauvais qu'il y ait quelques tensions au sommet dans une entreprise, mais en ce qui me concerne, je préfère faire profil bas et me tenir à l'écart des embrouilles entre les deux mâles dominants. L'histoire est pleine d'enseignements, et si elle nous a bien appris une chose, c'est que ce sont toujours les sous-fifres qui se font tuer dans les conflits, jamais les généraux.

Villa Seaview... Sans aller jusqu'à alerter la répression des fraudes pour publicité mensongère, il faut bien admettre qu'à moins de grimper tout en haut d'une des horribles cheminées en brique de la maison de repos, la vue sur la mer est surtout une vue de l'esprit.

Peut-être qu'autrefois, à l'époque de la construction de cette gigantesque maison edwardienne à flanc de coteau au nord de Seaford, on avait un très beau panorama maritime. Mais plus maintenant. La ville s'est étendue, étalée sur la pente comme une vilaine verrue, si bien que la maison de repos est maintenant entourée de tous côtés par d'autres propriétés qui ne permettent plus de voir qu'un coin de ciel.

On doit signer un registre à l'arrivée et au départ, et à côté de ce «livre des visiteurs» qui siège dans le hall d'entrée, trône une éphéméride agrémentée de citations. Au menu du jour : L'ARGENT N'EST PAS TOUT, MAIS ÇA POUSSE QUAND MÊME UN PEU LES ENFANTS À VENIR. Un vieux bonhomme, courbé par l'âge, monte la garde.

— Ils racontent tous des bobards, vous le savez ? Rien n'est vrai.

— Pardon ?

— L'heure d'arrivée, l'heure de départ…

Il me sourit de toutes ses fausses dents rutilantes.

— Ils ne restent jamais aussi longtemps qu'ils le prétendent.

Je consulte ma montre avant d'écrire l'heure dans le cahier : 11 h 32. Il vérifie à la sienne, regarde ce que j'ai écrit, et n'y trouve rien à redire, pour l'instant en tout cas.

— On va bien voir, marmonne-t-il méfiant.

De la moquette à gros motifs partout, des rampes le long des murs, des plans inclinés pour les fauteuils roulants et des aides-soignantes d'Europe de l'Est sous-payées. Autant dire qu'on sent nettement qu'un type, quelque part, s'en met plein les poches. Les cactus sont des plantes quasiment increvables, c'est un fait – c'est solide, ces bêtes-là –, mais j'en vois un clairement moribond sur le rebord d'une fenêtre dans le couloir qui mène à la chambre de mon grand-père au rez-de-chaussée.

Je suis accueilli par une odeur de vieux pipi, ce qui est à la fois triste et scandaleux. Même s'il a eu un petit accident, quarante mille livres sterling par an (ou même peut-être cinquante, je ne sais plus) devraient suffire à assurer qu'on nettoie derrière lui. Franchement, qu'est-ce qu'ils ont d'autre à foutre pour mériter leur fric que de lui servir trois repas infects par jour, de lui torcher le cul de temps en temps et de lui donner une douche deux fois par semaine ? Pour le reste, il passe tout son temps dans son fauteuil à somnoler ou à fixer du regard les rayures bleu marine sur fond blanc du papier peint (mention spéciale au décorateur pour son thème « animal en cage »).

Personne n'est à la fête, ici, mais, dans le palmarès des affections atroces, la maladie d'Alzheimer est en tête de peloton. On l'appelle la « maladie des adieux prolongés », et c'est exactement ça. Au cours des deux dernières années, j'ai vu les capacités mentales de mon grand-père s'étioler de plus en plus. Le flot constant d'anecdotes qui lui était si particulier s'est presque complètement tari, et c'est une chance si on saisit encore au passage un trait de son humour ravageur. C'est arrivé à ma dernière visite par hasard. Une mignonne aide-soignante a passé la tête dans sa chambre pour vérifier que tout allait bien.

— Tiens, Magda ! Elle ne peut pas vivre sans moi, cette petite. Elle inventerait n'importe quelle excuse pour venir dans ma chambre. Elle dit que c'est pour ma beauté, mais je sais que c'est pour mon argent.

— Très drôle, monsieur Larssen.

— Je lui ai dit que j'étais marié, mais elle insiste.

Ces retours momentanés de son ancienne personnalité sont de moins en moins fréquents. Bientôt, aucune étincelle ne se rallumera plus. Il ne sera plus qu'une coquille vide, retenu à la vie par quelques fonctions physiques et rien d'autre.

Il a l'air tellement paisible dans son fauteuil, la tête en arrière, les yeux fermés, que je n'ai pas envie de le déranger. Je m'assois sur un coin de lit et je l'observe. Même à l'âge de quatre-vingt-deux ans, il n'est ni frêle ni ratatiné. C'est un homme massif, grand, carré, impressionnant. La cicatrice irrégulière sur sa main gauche est particulièrement blanche aujourd'hui. Je sais comment il se l'est faite, même s'il ne s'en souvient plus lui-même. C'est un petit cadeau du raid aérien allemand sur Coventry la nuit du 14 novembre 1940. Mon grand-père était l'aîné d'une famille d'émigrants danois de la première génération. À sept ans, il a perdu son meilleur ami à cause d'une bombe qui a pulvérisé la maison des voisins et a fait s'écrouler une grande partie de la sienne sur la tête de sa famille (et sur sa main).

Quand j'étais petit, je l'écoutais raconter avec fascination le récit de cette nuit terrible. Ses histoires sont devenues les miennes ; lui, il ne peut plus les raconter. Je les transmettrai peut-être à mes enfants plus tard, mais qui sait combien de temps elles survivront avant d'être englouties dans l'oubli.

Il ouvre les yeux et il me sourit, l'air fatigué.

— Ah, c'est toi.

— Bonjour, papi. Comment ça va ?

Il change de position dans son fauteuil, étire ses longues jambes.

—Il m'est arrivé quelque chose de très bizarre l'autre jour.

—Quoi?

—Un volcan a fait irruption, juste là…

Il pose la main prudemment sur son genou gauche.

—Il a craché deux petits nuages de fumée – pfout, pfout – et puis il a disparu.

J'ai du mal à garder mon sérieux.

—Eh ben, dis donc.

Il me dévisage, sourcils froncés.

—C'est fou ce que tu peux ressembler à Daniel, aujourd'hui, Annie.

Annie, c'est ma mère, sa fille.

—Mais c'est moi, papi, c'est Daniel.

—Comment va-t-il?

—Papi, c'est moi, Daniel. Je vais bien.

—Tu as eu de ses nouvelles?

De guerre lasse, je joue le jeu.

—Oui, il a retrouvé du travail.

—Ah, du travail, c'est bien, ça. Il est courageux. Est-ce qu'il s'est marié avec cette fille, là…?

—Clara?

—Celle qui a les cheveux longs. Celle que tu n'aimes pas.

Première nouvelle.

—Non, non, pas encore.

—Et son livre? Il a fini d'écrire son livre?

Même pas commencé. Je me sens obligé de mentir.

—Ça avance bien.

—J'ai hâte de le lire. J'adore les bons bouquins, et je sais qu'il sera très bon.

Comme il fait beau, je lui propose de l'emmener faire un tour en voiture – à Alfriston, ou à Birling

Gap, des endroits où il m'a souvent emmené quand j'étais petit. Ces noms ne semblent plus rien évoquer pour lui.

— Birling Gap? Non, je te remercie, Annie. Pas aujourd'hui. Je suis très fatigué.

Il ferme les yeux et se rendort. Je me demande si on lui donne des calmants. À cette pensée, je me lève d'un bond et pars à la recherche de l'infirmière-chef qui m'assure (après m'avoir fait comprendre qu'elle n'aimait pas particulièrement qu'on lui parle sur ce ton) qu'il n'est pas assommé par les médocs, mais que simplement, comme il ne dort pas bien la nuit, il somnole souvent pendant la journée pour se rattraper. Puisque papi ne veut pas faire de promenade, je retourne chercher Doggo dans la voiture. Il est assis à l'avant à la place du passager et boude parce que je l'ai abandonné. Je connais bien cette expression – le regard en coulisse, lourd de reproches. Regard que je lui rends, parce que j'ai remarqué que c'est le meilleur moyen de désamorcer sa mauvaise humeur. Il lui faut quand même une bonne minute pour se laisser amadouer et accepter de me suivre.

Dès qu'il voit papi assoupi dans son fauteuil, Doggo dresse les oreilles, me jette un coup d'œil, puis il fait une chose très étonnante : il lui saute sur les genoux.

Papi se réveille.

— Bonjour, toi. Comment tu t'appelles?

— Doggo, je dis.

— Ah! Doggo. Tu es vilain comme tout, mon petit père. Oui, mon vieux… oui, mon vieux…

Doggo se laisse tortiller les oreilles et gratouiller le museau sans problème.

107

Et puis soudain, mon grand-père lève brusquement les yeux vers moi.

— Tu ne lui as rien dit, j'espère ?

— À qui ? À Doggo ?

— Ne te fais pas plus bête que tu n'es. À Daniel, bien sûr.

— Je ne sais pas de quoi tu veux parler.

— Si, tu le sais très bien.

Son regard se fait suprêmement accusateur.

— Je suis sûr que tu as lâché le morceau.

Il a l'air tellement mal que je m'empresse de le rassurer.

— Non, non, bien sûr que non.

L'effet est immédiat : il se calme tout de suite.

— Ah, Dieu merci ! Un seul père, ça suffit bien pour un homme.

Je ne m'attends pas à ce qu'elle réponde, et comme je téléphone en Espagne depuis mon portable, je suis plutôt content de tomber directement sur sa boîte vocale.

— Maman, c'est moi, Daniel. Rappelle-moi dès que tu pourras.

J'ai enlevé sa laisse à Doggo qui zigzague gaiement à côté de moi sur le sentier de la rivière, heureux comme un roi, en reniflant Dieu sait quoi dans l'herbe haute. C'est de loin le coin du globe que je préfère, Cuckmere Haven, à l'endroit où le cours d'eau se jette dans la Manche. Ma tendresse pour ces lieux est liée à tout un tas de souvenirs d'enfance. À l'époque, on venait là pour sauter dans l'estuaire. Le courant vous emporte vers le large, mais les hauts-fonds vous permettent assez vite de vous arrêter. Lorsqu'on sentait enfin monter sous nos pieds impatients le fond de sable bosselé, on s'ancrait là et on se tournait vers la grève de galets pour regarder les falaises de craie d'un blanc éblouissant qui se dressent à côté de l'embouchure.

Du point de vue topographique, le site n'a pas changé, seulement pas mal d'aménagements ont été effectués. Les sentiers sont maintenant couverts de gravier compacté, accessibles aux fauteuils roulants (jusque-là, rien à dire) ; là où ça se gâte, c'est qu'ils ont mis des poubelles tous les cent mètres (alors qu'avant tout le monde rapportait ses détritus à la voiture), et des pancartes hérissent le paysage. Il y en a une pour indiquer le bras mort, le dernier méandre paresseux oublié par la rivière qui a préféré courir tout droit pour finir sa course. D'autres panneaux précisent à quelle distance très précisément se trouvent Seaford et Eastbourne à pied par le chemin côtier. D'autres encore présentent la flore et la faune locales. Pire que tout, des avertissements imprimés en rouge jalonnent les berges : DANGER ! BAIGNADE INTERDITE. En plus petits caractères, ils ont même mis un extrait de la réglementation pour être bien sûrs que vous saurez quel article vous enfreindrez si jamais vous avez l'audace de passer outre.

Quand j'étais petit, pour ne pas être considéré comme un gros dégonflé, il fallait se jeter dans la Cuckmere. C'était notre grand jeu d'aller braver les remous causés par la rencontre de l'eau douce et de l'eau de mer. Aujourd'hui, c'est interdit par la loi. Le monde a-t-il vraiment pu changer aussi radicalement pendant ma brève existence ? De toute évidence, oui, et cette pensée est fort déprimante.

109

À droite de la plage quand on tourne le dos à la mer, il y a les Sept Sœurs, les falaises de craie ondulantes que les réalisateurs filment à la place des fameuses falaises de Douvres parce qu'elles sont beaucoup plus photogéniques. Doggo et moi, on est maintenant à l'endroit exact où Kevin Costner, ou plutôt Robin des Bois, s'est jeté sur le sable en revenant de croisade (cape et coupe mulet au vent, sans oublier l'accent américain en prime).

Je rejoue la scène pour Doggo : j'embrasse ma bonne terre d'Angleterre en riant et en me félicitant à grands cris.

— Enfin ! Enfin !

Doggo me contemple avec la même perplexité atterrée que Morgan Freeman, qui joue le rôle du copain maure de Robin dans le film.

Alors que nous retournons bien tranquillement à la voiture, je suis saisi d'une soudaine rage de désobéir à la mise en garde qui me nargue en grosses capitales rouges : DANGER ! BAIGNADE INTERDITE. Je me déshabille, ne gardant que mon caleçon, et, sans me laisser le temps de revenir à la raison, je saute à l'eau. Bon Dieu, qu'elle est froide ! Le niveau est haut et le débit rapide après les abondantes pluies qui ont gonflé la rivière ces derniers jours. Doggo doit galoper sur la berge pour me suivre, emporté que je suis par le courant tumultueux. Soudain il s'arrête, corps tendu, trépidant, pour prendre son élan, et il se jette à l'eau du haut de la berge avec un gros plouf ! Il a l'air de sourire en tricotant furieusement des pattes pour me rejoindre.

— Bonjour, vous venez souvent ici ?

Il aboie deux fois pour me répondre, et ça sonne diablement comme : « T'es ouf ! »

Ce que je préfère, c'est le bouillonnement au moment où la rivière atteint la mer. Vous êtes ballotté, vous montez et vous descendez dans les creux et sur les crêtes des vagues, jusqu'à ce que la force du courant se relâche peu à peu dans votre dos, ce qui vous permet enfin d'influer sur votre trajectoire. Les hauts-fonds sont toujours là, et la sensation du sable mêlé à la vase de rivière qui le rend mou et collant entre les orteils me ramène vingt ans en arrière. J'attrape Doggo et je le ramène contre moi. C'est la première fois que je le prends dans mes bras. À ma grande surprise, il ne gronde pas.

Je suis en train de récupérer mes vêtements, quand je repère un type qui fonce droit sur nous. Son uniforme vert indique qu'il est investi d'une fonction officielle. Congestionné d'indignation, il désigne d'un doigt vengeur la pancarte la plus proche.

— Vous ne savez pas lire ? La baignade est interdite !

— Je ne me baignais pas, je sauvais mon chien de la noyade.

Ma réponse lui cloue le bec, mais pas pour longtemps.

— Et je vais croire à ces salades !

— Si, c'est vrai. Il s'est jeté à l'eau. Tu n'as pas honte, Doggo ? Vilain Doggo !

Je n'aurais jamais dû dire ça. J'ai utilisé exactement les mêmes mots que le jour où je lui ai reproché d'avoir mordu Megan, et où je l'ai récompensé en lui donnant des Choco Drops. Espérant peut-être arriver au même résultat, il se jette de nouveau à l'eau.

111

Je fais un signe d'impuissance pour m'excuser auprès du garde, et je saute dans la rivière à sa suite.

C'est encore plus jouissif la deuxième fois.

— Ems, c'est moi.

— Salut, Dan.

— Je te dérange ?

— Seulement si tu es en train de conduire.

— Ne t'en fais pas, j'ai le kit mains libres.

— Raccroche, je refuse d'être complice d'un acte criminel.

— M'enfin, Ems…

— Arrête-toi quelque part et rappelle-moi.

Ma mère vit avec Nigel depuis quinze ans, et ils se sont établis en Espagne où ils mènent la grande vie dans une vieille ferme gigantesque dans les montagnes au-dessus de Malaga. Nigel est richissime, au point qu'il peut régler la note de la maison de repos de papi sans l'ombre d'un frémissement. La version officielle est qu'il a hérité d'un oncle célibataire, mais il n'empêche que j'ai toujours eu de sérieux doutes sur ses activités. Je soupçonne la boutique d'antiquités dont il a été propriétaire à Arundel d'avoir été une couverture pour des activités bien plus louches. Rien ne m'étonnerait moins : malgré toutes ses grandes qualités, il y a quelque chose chez lui de pas très net.

Ils reviennent rarement en Angleterre, mais quand ils sont là, ils sont particulièrement pénibles. Ils exhibent un hâle outrancier et distribuent à tour de bras des bouteilles d'huile d'olive vierge issue de leurs oliviers. Emma est beaucoup plus assidue que moi dans ses contacts avec eux.

— Je crois qu'ils sont peut-être au Maroc.

Je suis maintenant sorti de la voiture sur une aire de repos près de Lewes.

— Qu'est-ce qu'ils foutent au Maroc?

— Ils veulent se faire construire une maison près d'Essaouira.

— Mais quelle drôle d'idée! Pour quoi faire?

— Ben, parce qu'ils en ont envie, et qu'ils en ont les moyens.

— Ils en ont, de la chance.

— Ça n'est pas mal pour nous non plus. Quand tu auras maman au téléphone, prends l'air un peu content. Et puis non, finalement, ne te fatigue pas. Elle devinerait tout de suite que tu joues la comédie. On peut savoir pourquoi tu veux la joindre à tout prix tout d'un coup?

— C'est à cause de quelque chose que papi a dit.

— Il a dit quoi?

Je suis à deux doigts de lui raconter, mais j'ai peur que ça n'affecte notre relation.

— Je me fais probablement des idées.

— Contacte-la sur Facebook si c'est vraiment urgent.

— Quoi? Maman est sur Facebook?

— Réveille-toi! Depuis trois ans. Et il serait grand temps que tu t'y mettes, espèce d'obscurantiste. Comment il va?

— Papi? Toujours pareil. Ça ne s'arrange pas. Tu devrais aller le voir avant que ce soit trop tard.

Le vacarme d'un semi-remorque qui passe étouffe la réponse d'Emma.

— Pardon, je n'ai pas entendu.

— J'ai dit que c'était plus facile pour toi parce que tu n'as pas d'enfants…

Je la connais. Il ne faut surtout pas la prendre à rebrousse-poil et lui dire que c'est une excuse lamentable.

— C'est vrai. Tant pis. Ce n'est pas grave.

— Si, si, il faut que j'y aille. J'irai. Je veux y aller.

— N'attends pas trop, alors. Si le volcan qui a poussé sur son genou l'autre jour entre en éruption, tu n'auras peut-être pas l'occasion de le revoir de sitôt.

— Tu rigoles.

— Je voudrais bien.

— Un volcan ? Il est marrant.

C'est bon de l'entendre rire. Ça arrive tellement rarement maintenant.

Chapitre 12

On a décroché le budget Swosh !

Doggo est devant l'épisode trois, saison un, de *Friends*, et Edie et moi on joue au billard contre Clive et Connor quand Ralph débarque avec Tristan pour nous annoncer la bonne nouvelle. Ils sont fous de joie. Nous sommes fous de joie. Tout le monde est fou de joie. Le département création est envahi, tout le monde vient nous féliciter. On sort le champagne. Doggo se fraie un passage à travers la forêt de jambes, l'air de se demander ce qu'il a bien pu faire pour déclencher cette petite fête impromptue en son honneur. C'est d'autant plus facile pour lui de se faire des illusions que la rumeur de son obsession bizarre pour Jennifer Aniston a déjà fait le tour de l'agence. Depuis deux jours, c'est un défilé permanent dans notre bureau de gens qui veulent constater par eux-mêmes. Il s'est fait beaucoup d'amis et maintenant tout le monde lui parle ; Margaret de la compta est toujours chiffonnée de ne pas pouvoir emmener son chat au travail, mais même elle se laisse attendrir.

— Eh ben, dis donc, tu es en train de devenir une vraie petite mascotte, on dirait ! dit-elle à Doggo.

C'est encore mieux que tout. Ralph avait raison : chez KP & G, ils ont été emballés à la présentation de vendredi dernier, mais ils voulaient quand même prendre le temps de soumettre l'idée à leur consultant marketing.

— Il y a un type chez eux, Ben Wood, un vrai génie sans exagérer. Il est convaincu que le concept peut être exporté, passer à l'international.

C'est énorme! Du coup, Indology va être propulsé à un niveau mondial et voir s'ouvrir de nouveaux marchés juteux pour l'avenir.

Je croise le regard d'Edie à travers la foule. Est-ce qu'elle pense la même chose que moi? C'est la consécration. Maintenant, nous formons une vraie équipe. Nous ne sommes plus deux tâcherons relégués dans le même bureau qui peinent en espérant que ça va marcher. J'ai une pensée pour Fat Trev. J'ai été lâche. Il ne faut plus que je traîne. S'il ne sait pas déjà que je suis entré à Indology, il le saura bientôt. Tristan va sûrement user de toute son influence à *Campaign* pour que son ancien magazine fasse un énorme buzz sur l'agence qui a remporté la campagne Swosh!

Ralph réclame le silence, puis rend un touchant hommage à Tristan pour la bonne idée qu'il a eue de m'associer à Edie. Tristan s'empresse de tout gâcher en prenant et en gardant la parole pour nous expliquer que Swosh! se «syntonise» parfaitement avec l'orientation stratégique qu'il envisage pour Indology. Au lieu de motiver ses troupes, il nous assomme avec un sermon soporifique. Je sens l'énergie retomber au-dessous de zéro. Heureusement l'enthousiasme revient lorsque Ralph nous annonce que nous pouvons tous prendre le reste de la journée. Il exulte littéralement.

—Soyons fous! Et surtout profitez-en bien pour ne rien faire d'utile.

Tristan n'est pas du genre à dorloter ses employés. Lorsque je me tourne vers lui pour guetter un signe de réprobation, je le surprends en train d'échanger un coup d'œil avec Edie qui détourne rapidement le regard. Je peux me tromper, mais je jurerais qu'il y avait de la complicité, même de la duplicité, dans cette communication silencieuse.

Je n'ai aucun mal à étayer mes soupçons. Edie, à qui je propose de perdre l'après-midi avec moi pour fêter notre victoire, se défile d'un ton très peu convaincant.

—Je voudrais bien, mais j'ai des tonnes de trucs en retard à faire.

Du coup, pendant que tout le monde se disperse, j'alpague Tristan pour lui proposer de déjeuner avec moi, rien que tous les deux, en précisant que c'est moi qui invite pour le remercier.

—Tu n'as pas besoin de me remercier, au contraire, c'est moi qui te remercie!

Il refuse en prétextant des courses urgentes. Cet après-midi de liberté va aussi lui permettre d'aller chercher son petit garçon à l'école, ce qu'il ne peut jamais faire autrement. J'ai comme dans l'idée qu'il ne sera pas devant la grille de l'école à l'heure de la sortie.

Aurais-je surinterprété ce regard qu'ils ont échangé? Ça n'est pas à exclure. Je suis devenu légèrement méfiant ces derniers jours, depuis que papi a lâché sa bombe: *Un seul père, ça suffit bien pour un homme*.

Depuis, je m'acharne sur le passé comme sur une croûte qu'on ne peut pas s'empêcher de gratter. Je revisite mes souvenirs, cherchant la preuve que ma vie serait fondée sur des mensonges. D'accord, papi croyait être en train de parler à ma mère, donc on peut difficilement considérer qu'il était sain d'esprit, mais quelque chose me dit que cette phrase est sortie d'un coin encore intact de son cerveau malade (lequel cerveau est redevenu HS à l'instant où je l'ai questionné).

J'ai tenté d'analyser ce qu'impliquait cette phrase de toutes les façons possibles, mais une seule interprétation est cohérente : l'homme que j'ai toujours cru être mon père n'est peut-être pas mon vrai père. Ça semble un peu mélodramatique, mais ça n'est pas inconcevable. Tout le monde a toujours dit que j'étais le portrait craché de ma mère. Du côté maternel, on a la bouche bien dessinée et le nez long. Les Larssen sont grands, aussi, ce qui est mon cas et certainement pas celui de mon père. Je l'ai rattrapé à l'âge de quatorze ans, l'année précédant leur divorce, et je l'ai vite largement dépassé. Peut-il y avoir une relation de cause à effet ? Est-ce qu'un jour, en levant la tête pour me regarder, il s'est dit : « Cette grande andouille ne peut pas être mon fils » ? A-t-il accusé maman ? A-t-elle avoué sous la contrainte ? C'est possible. Mais enfin, tout est possible quand on se retrouve plongé en plein délire paranoïaque, ce qui semble être mon cas depuis samedi.

On nous a toujours raconté à Emma et à moi que papa était tombé amoureux d'une collègue, prof d'histoire moderne comme lui à l'université d'East Anglia. Je me souviens que maman nous a expliqué à l'époque : « Votre père m'a quittée pour une lesbienne. Je vais vous dire, je crois que je vais très bien m'en remettre.» Ce qui donne une petite idée de la personnalité de ma mère : pas excessivement fine dans les situations délicates.

Je ne suis pas convaincu que Carol soit lesbienne, même si elle a pu coucher avec des femmes en son temps. Elle est un peu plus jeune que papa, ce qui veut dire qu'elle est allée à la fac au milieu des années 1970, une époque où on ne pouvait pas être hétéro sans être soupçonné de soutenir le massacre des innocents combattants du Front national de libération du Sud-Vietnam. Je plaisante, bien sûr. C'est tellement facile de se moquer de Carol. De tous les deux, en fait. Toutes leurs théories de gauche se sont écroulées en 1989, en même temps que le mur de Berlin. Je n'avais que sept ans à l'époque, mais je me souviens de l'air sonné de papa devant la télé pendant qu'on regardait les Berlinois de l'Est abattre le mur symbolique à grands coups de masse.

Contrairement au mur, papa n'a pas été démoli pour autant. Il s'est vite arrangé pour que ses opinions cadrent avec la nouvelle ère postcommuniste. Il aurait commis un suicide professionnel en admettant qu'il se trompait depuis le départ. À l'université, on n'apprécie pas beaucoup les gens qui retournent leur veste en cours de carrière. Ça me fait penser à ces historiens d'art qui se sont fait un nom en échafaudant toute une théorie pour expliquer la dominante sombre des fresques du plafond de la chapelle Sixtine : d'après eux, c'était la preuve que Michel-Ange était gravement dépressif quand il les a peintes. Sur ces entrefaites, on a découvert sous des siècles de saleté des couleurs d'une intensité presque violente. Eh bien, ces grands savants ont-ils reconnu s'être salement trompés ? Pas du tout, ils sont passés à l'offensive en accusant les restaurateurs qui, en faisant leur boulot, leur avaient enlevé leur crédibilité en même temps qu'ils retiraient la crasse.

Papa a toujours été un type lointain, pris par ses recherches et l'écriture de ses articles et de ses livres, l'esprit occupé par des pensées de haute volée. Soudain, je prends conscience qu'il s'est peut-être encore plus absorbé dans son travail après le divorce, alors que la plupart des hommes auraient plutôt fait quelques efforts supplémentaires pour être plus présents et aider leurs enfants à surmonter la séparation. Emma n'est pratiquement jamais là quand je le vois, donc je ne sais pas s'il est différent avec elle, plus aimant, plus «paternel».

J'ai suivi le conseil d'Emma et j'ai fait quelque chose que j'avais juré de ne jamais faire : je me suis inscrit sur Facebook. Maman m'a accepté comme «ami» et m'a aussitôt fait faire une autre chose dont j'avais aussi juré de m'abstenir : créer un compte Skype.

Nous nous sommes fixé un rendez-vous. Je suis sûr que ça ne va pas marcher, mais, en fait si, ça fonctionne. À 20 heures tapantes, elle apparaît sur l'écran de mon ordinateur portable, en petit haut blanc sans manches, ou peut-être est-ce une robe (je ne sais pas trop parce qu'elle est assise à une table). Derrière elle, j'aperçois une piscine bordée de palmiers. Le soleil n'est pas encore couché au Maroc et elle a un verre de vin blanc à la main. Elle rayonne de plaisir.

— Danny !

C'est la seule personne que j'autorise à m'appeler Danny.

— Salut, maman, comment ça va ?

— Oh, tu sais, on fait aller – d'un ton badin en désignant ce qui l'entoure.

Comme nous n'avons pas communiqué depuis des mois, je lui parle de mon nouveau job et de la campagne qu'Edie et moi venons de remporter pour l'agence.

— Un bain de bouche ? Formidable !

Je sais qu'elle est contente pour moi, et qu'elle n'avait aucune intention de se montrer méprisante. Il faut dire que je ne lui facilite pas la tâche. Mes plus grands succès à ce jour ont été une marque de frites cuites au four («Bravo, chéri. C'est quoi, des frites cuites au four ?») et un adoucissant pour le linge («Je l'adopte tout de suite.»).

— Maman, il y a quelque chose dont il faut que je te parle. Tu es seule ?

— Seule ? Oui, oui.

Je n'en crois pas un mot.

— Tant mieux, parce que c'est à propos de Nigel. Maria m'a appelé, elle était dans tous ses états. Il paraît qu'elle est enceinte de lui et qu'elle ne sait pas quoi faire.

Maria est la beauté brune qui fait tout pour eux : la cuisine, le ménage, les courses, et qui s'occupe de l'intendance en général.

Le visage de Nigel surgit sur le côté de l'écran.

— Mensonge ! Horrible mensonge ! Le test de paternité le prouvera !

Je dois reconnaître que Nigel est vif et qu'il a le sens de l'humour.

— T'as l'air en forme, Daniel.

— Toi aussi, Nigel.

Je dis ça pour être poli, parce que j'ai de gros doutes concernant le look chemise sans col et foulard cravate à motifs cachemire.

— Si tu veux dire un mot en privé à la vieille bique, ça ne me dérange pas, je vous laisse.

Il agite le bout des doigts et disparaît de l'écran.

— Comment ça, la vieille bique ? crie maman derrière lui.

J'entends dans le fond, hors champ :

— Belle bique.

Évidemment, parce que je suis son fils, je trouve vaguement répugnante l'expression amoureuse qui passe dans son regard, mais, en même temps, c'est très émouvant. Après un premier mariage avec un emmerdeur, elle a bien mérité d'être heureuse. J'ai peur de venir bousculer sa vie et de la perturber, elle n'a pas besoin de ça et elle ne le mérite pas, mais il faut que je tire les choses au clair.

Elle m'écoute tranquillement raconter ma visite à Seaview, mais quand j'en arrive à ce que papi m'a dit alors qu'il me prenait pour elle, elle semble trouver l'idée risible.

— Quoi ? Il a dit ça ?

— Absolument, et très sérieusement.

Elle me regarde bien en face, et elle me dit comme si elle s'adressait à l'idiot du village :

— Danny, tu sais bien que papi n'a plus toute sa tête.

J'ai envie de lui demander comment elle le sait puisqu'elle ne l'a pas vu depuis Noël.

— Non, pas complètement, pas encore tout à fait.

— Enfin, écoute, il divague, ça n'a pas de sens.

— Tu es sûre, maman ? Absolument sûre ? Je suis obligé de te poser la question, tu dois bien le comprendre.

— Mais oui, je comprends, mais tu te fais des idées, et nous savons tous les deux pourquoi.

— C'est-à-dire ?

— J'ai appris, pour Clara.

— Ah…

— Emma m'en a parlé.

— Et tu n'as pas eu envie de m'appeler ?

— Et toi ? Tu aurais pu m'appeler aussi. Mais non, bien sûr que tu ne m'as pas appelée, parce que nous n'avons plus ce genre de relation. Dieu merci. Tu es un homme, maintenant, tu as trente ans, mon vieux. Tu voudrais vraiment que ta mère se mêle de tes affaires ? Je sais que tu vas t'en sortir, Danny. Tu as de la ressource. Tu as toujours été fort et indépendant. Et tu as du caractère. Oui, Dieu sait que tu as du caractère.

Je me suis joué et rejoué cette conversation à l'avance dans ma tête. J'ai imaginé ce que ma mère dirait et ce que je lui répondrais. C'est dans ce stock de répliques bien préparées que je vais piocher.

— Maman, écoute, ça restera entre toi et moi. On n'a rien besoin de dire à personne, ni à Emma, ni à Nigel, ni même à papa s'il n'est pas déjà au courant. Mais moi, j'ai besoin de savoir. C'est mon droit, tu le sais très bien.

Elle répond du tac au tac, d'un ton qui se durcit.

— Ce que je sais, c'est que tu es en train de te mettre dans tous tes états pour rien. Dans le meilleur des cas, ou plutôt dans le pire, c'est simplement l'expression des désirs réels de ton grand-père qui fait surface. Il n'a jamais beaucoup apprécié ton père. Je suis désolée de devoir le dire, mais c'est vrai.

Je sais bien, ça fait des années qu'elle nous le répète.

— Bon, alors jure-le sur la tête de papi.

— Quoi ?

— Tu m'as très bien entendu. Jure sur la tête de ton propre père que papa est mon père biologique.

Je l'observe pendant qu'elle prend une gorgée de vin.

— Ce que tu peux être morbide ! Enfin, si ça te rassure, d'accord... Je le jure. Voilà. Tu es content ?

Oui, là, je la crois, et je m'en veux énormément.

— Je suis désolé, maman.

— Oui, c'est dommage, mais ça n'est pas ta faute ni celle de papi, c'est la faute d'Alzheimer. Essaie d'être un peu plus... circonspect la prochaine fois qu'il sortira une information de ce genre.

— Promis.

— Bon, tu me montres ton chien ? Emma m'en a parlé.

Nos baignades dans la Cuckmere ont très nettement resserré les liens entre Doggo et moi – depuis, j'ai le droit de lui tire-bouchonner les oreilles et de le caresser – mais si je l'appelle, il ne viendra pas. Alors je débranche mon ordinateur et je me déplace avec lui jusqu'au canapé.

— Eh bien, dis donc, dit ma mère. Il ne risque pas de gagner beaucoup de concours de beauté, celui-là.

Chapitre 13

Le lendemain matin, je me réveille plus léger. C'est là que je vois à quel point «l'affaire papi» me pesait. Je me sens libéré, en paix avec le monde.

Clara commençait toujours la journée par quelques minutes de méditation, une sorte de prière silencieuse, une action de grâces pour dire merci à la vie et pour réaffirmer sa volonté de l'honorer à travers ses actes. J'ai essayé plusieurs fois de méditer avec elle, assis par terre dans le séjour face à elle, en position du lotus. Jusqu'au jour où elle m'a expliqué qu'il fallait que je respire par l'anus. Après ça, je n'ai plus jamais réussi à garder mon sérieux et j'ai été exclu du rituel matinal.

Tout seul, ça marche beaucoup mieux, malgré Doggo qui me déconcentre en me tournant autour, intrigué mais aussi légèrement circonspect. Je me pénètre peu à peu de ce qui compte vraiment dans la vie : je suis en bonne santé, jeune (ou presque), j'ai un travail et je vis dans un pays qui défend les libertés individuelles. De ce point de vue, j'ai beaucoup plus de chance que des centaines de millions d'autres gens sur Terre. Ce qui me fait souffrir est soit inévitable, et je ne peux m'en prendre à personne, soit uniquement ma faute.

Aucun de mes proches n'a été égorgé par un inconnu au coin d'une rue. Oui, il y a un mois, la femme avec qui je vivais m'a quitté pour un autre homme, mais c'est parce que j'étais devenu paresseux, pas seulement avec elle, mais dans ma vie en général. Quand Fat Trev a craqué, j'ai passé six mois à me vautrer dans mon malheur et à me plaindre. C'était pourtant une bonne occasion de me lancer enfin dans l'écriture de mon roman. Comme le manque de temps n'était plus une excuse, je m'en suis trouvé d'autres. Clara aurait pu me pousser dans mes retranchements, mais, patiente, elle a attendu l'inspiration avec moi en espérant qu'un beau jour mes doigts allaient enfin se mettre à virevolter sur le clavier.

J'aurais dû me douter que ça ne durerait pas et qu'elle finirait par se lasser. Elle est perpétuellement à la recherche de quelque chose de nouveau, ou de quelqu'un, qui va la sauver. Donc elle a trouvé Kamael, son ange gardien, et puis elle s'est amourachée de Wayne Kelsey. Tous mes vœux de bonheur à leur petit ménage à trois. Si, si, absolument. Je crois que j'arrive enfin à accepter l'idée que c'est vraiment fini entre nous.

Tout va bien. Personne n'est mort, personne n'est malade. Bon, pour papi, c'est différent – il n'est pas mort, mais, en ce qui concerne la santé, ça n'est pas brillant –, sauf que son lent déclin est compréhensible parce que c'est l'évolution naturelle des choses, après tout. Maman se trompe : il n'y a pas de coupable, et surtout pas la maladie d'Alzheimer. On ne peut pas en vouloir à un mal qui agit sans intention de nuire, une dégénérescence enfouie dans le code génétique comme une bombe à retardement.

Il faut prendre du recul... Que papi ait dit la vérité ou pas, que maman ait peut-être menti au bord de la piscine hier soir au Maroc, quelle importance ? Je suis vivant. Ça me suffit. Plus que ça : c'est un miracle. Pas au sens religieux du terme parce que j'ai perdu la foi depuis déjà un bon bout de temps. Mon point de vue, c'est que les grandes religions ne peuvent pas toutes avoir raison, et étant donné qu'elles se trompent manifestement sur nos origines, m'est avis qu'on ne devrait pas prendre trop au sérieux leurs hypothèses sur notre destination future. Pour ma part, une chose est sûre : ça ne me plairait pas beaucoup de passer l'éternité avec des petits saints.

Sentant que je m'égare, je prends quelques inspirations profondes, et j'exhale lentement à travers mes lèvres en leur donnant la forme d'un O.

Edie, voilà un bon sujet de méditation. Oui, Edie... intelligente, drôle, belle. Tant pis si elle a une liaison avec Tristan, je m'en fiche. Je suis mal placé pour la juger. Si ça se trouve, il est marié à une harpie qui passe tout son temps à le rabaisser dès qu'il rentre du boulot, qui lui reproche d'être un mauvais père, qui le harcèle, qui, sournoisement, sape toute son estime de lui-même. Et le mec avec qui elle vit, Douglas ? Je sais que c'est un grand sportif, rugby l'hiver et, sans transition, cricket avec les beaux jours. Il s'entraîne deux soirs par semaine et il part quasiment tous les week-ends. Dans ces conditions, quelle femme ne se sentirait pas délaissée, mal-aimée, abandonnée ?

Peut-être que Tristan est destiné à trouver le bonheur auprès d'Edie et à refaire sa vie avec elle, comme ma mère avec Nigel. J'aurais mauvaise grâce à me poser en autorité morale : j'ai couché avec la sœur de mon ex à la seconde où ladite ex a tourné les talons.

C'est dans cette heureuse disposition d'esprit, apaisé par ma miniméditation, que j'ouvre les yeux pour découvrir Doggo, posté juste devant moi. Je tends la main et il incline la tête pour me faciliter l'accès à ses oreilles.

— Excuse-moi, Doggo, j'ai été un peu bizarre ces derniers temps.

L'ombre qui passe dans ses grands yeux humides m'indique que ça ne lui avait en effet pas échappé.

— Je vais me rattraper, c'est promis.

Le matin, nous avons nos petites habitudes. Je prends un double macchiato au café portugais du coin de la rue, et je le bois sur le chemin d'Athlone Gardens. Une fois au square, Doggo renifle un peu de-ci de-là avant de déposer sa crotte du matin. Ensuite on fait demi-tour pour rentrer à Ladbroke Grove, où je jette mon gobelet de café vide et son sac à crotte dans la poubelle de l'arrêt de bus. Notre timing est bien rodé. Nous attendons rarement le bus plus de deux minutes.

Une voix, que je commence par ignorer, me crie quelque chose. Elle vient de la barre de logements sociaux qui borde Athlone Gardens, ou plutôt qui en occupe une grande partie.

— Eh ! Toi, là-bas, le type avec le chien. Oui, toi, je te cause. Ça t'amuse ?

— Pardon ?

Un gros bonhomme au crâne rasé s'adresse à moi du haut de son balcon du deuxième. Il est encore en pyjama et il fume une cigarette.

— Pardon ?

— T'habites ici ?

— Non.

— Et Quasimodo ?

— Excusez-moi ?

— Le clébard, tête de con.

— Heu… lui non plus.

— Alors pourquoi que tu l'emmènes ici pour chier ?

Je m'apprête à répondre, très raisonnablement, que c'est un jardin public, mais il ne m'en laisse pas le temps.

— Ça te plairait que j'aille chez toi pour faire chier mon chien devant ta porte ?

— Je ramasse toujours ses crottes.

— Ah, ouais ? Moi aussi, je ramasserai. Deux fois par jour. Comme toi.

— Désolé.

— Quoi ? J'ai pas bien entendu !

— Je dis pardon si ça vous a dérangé. Je ne le ferai plus.

— Quoi, qu'est-ce que tu dis ?

Bon, de toute évidence, ce monsieur cherche la polémique. Sauf que, non de non, je n'ai pas la moindre intention de descendre de mon petit nuage zen. Clara vole à mon secours, sous la forme d'une de ses phrases cultes. Je lève haut la main et je crie :

— Amour et lumière.

L'homme se fige, puis sa main se lève lentement pour me rendre mon salut. Moment de grâce… jusqu'à ce que la main se tourne, les doigts se replient, ne laissant qu'un majeur bien haut dressé.

— Je t'ai à l'œil, espèce de taré !

L'anecdote arrache tout juste un sourire à Edie.

Je la trouve plutôt déprimée cette semaine, et je crois savoir pourquoi. C'est toujours un peu dur pour nous, les créas, quand une de nos idées est acceptée. Dès l'instant où le budget est remporté, notre boulot est quasiment terminé. Nous avons pêché un gros poisson, oui, mais c'est aux autres de le vider, de lever les filets et de le cuisiner. Dans le meilleur des cas, le planning, la maquette et la production viendront nous demander notre avis de temps en temps, mais c'est une piètre consolation après l'effervescence de la victoire qui ne retombe que trop vite.

Moi aussi, j'ai un petit coup de mou et on joue pas mal au billard ces derniers temps. C'est ça qui nous rassemble tous. Collègues mais sainement rivaux, on organise en toute camaraderie des championnats pour nous libérer les méninges en cultivant une compétitivité de bon aloi. Megan et Seth sont pour l'instant en haut du classement, suivis par Eric et Josh du design (dont les talents de graphistes leur ont valu une carte d'admission temporaire au club créa), ensuite il y a Clive et Connor, et moi et Edie tout en bas. Edie a la rage des novices, et elle ne supporte pas l'idée d'être un poids pour notre équipe. On ne restera pas longtemps à la traîne au rythme où elle s'entraîne à la pause déjeuner. Elle m'a aussi avoué l'autre jour avoir trouvé un pub avec billard près de chez elle, ce qui fait qu'elle peut s'exercer avec Douglas quand elle n'est pas à l'agence.

Sa détermination frise l'obsession et la rend vulnérable aux moqueries de Megan. Megan est très moqueuse. Elle enrobe le tout avec juste ce qu'il faut d'humour, mais on sent toujours par là-dessous une hostilité à peine voilée. C'est pareil quand elle sourit. C'est une fille très souriante, mais comme ses yeux ne suivent pas le mouvement, ça lui donne un air vaguement inquiétant. Je suis sûr que notre présence l'insupporte, et que ça ne risque pas de s'arranger de sitôt. Loin de nous l'idée de lui voler l'ascendant qu'elle exerce sur sa bande de jeunes glandeurs, mais notre refus d'entrer dans son jeu de mère poule remet en cause son autorité. J'imagine que c'est comme ça qu'elle le voit, en tout cas.

Je ne suis pas le seul à avoir remarqué que Seth s'anime dès qu'Edie est là, Megan n'est pas dupe non plus. Elle est très observatrice. Je commence à mieux aimer Seth, un peu parce que je le plains d'avoir à partager un bureau avec Megan toute la journée, mais surtout parce qu'il est adorable avec Doggo. Il lui parle comme à un être humain : «Doggo, t'es pas au courant, il m'est arrivé une histoire de malade ce week-end…» J'ai comme qui dirait l'impression que c'est un truc qu'il a trouvé pour faire passer quelques infos sur sa vie privée et sur ses goûts à Edie : «Dis donc, Doggo, je suis allé voir Lady Gaga au O2 hier soir avec des potes…»

Clive et Connor, c'est établi maintenant, sont d'authentiques cinglés. Mieux vaut les éviter, ce qui n'est pas difficile dans la mesure où ils passent le plus clair de leur temps entre eux, porte close, musique à fond (pour étouffer le bruit de leurs incessantes querelles). On dirait deux vieilles poissonnières mal embouchées qui s'assaisonnent, même quand ils jouent au billard.

— Non, pas celle-là. Je l'ai placée là exprès pour protéger le trou.

— Tu parles, tu voulais la faire entrer et t'as raté ton coup, couillon d'Anglais !

— Sûrement pas, espèce de bouseux d'Irlandais de mes deux, mais même si t'avais raison, c'est quand même pas ça qu'il faudrait jouer.

Et ainsi de suite, *ad nauseam*. Patrick est d'avis qu'ils sont amoureux l'un de l'autre mais qu'ils n'arrivent pas encore à admettre qu'ils sont gays. D'un autre côté, il a fallu presque trente ans à Patrick pour s'accepter, l'hypothèse de l'homosexualité refoulée est donc probablement juste une projection de sa part.

Patrick est un autre homme depuis qu'il a décroché le budget Swosh ! pour l'agence. Sa gratitude nous est acquise et il nous couvre de cadeaux. L'autre soir, Edie et moi, on est repartis avec des bouteilles de Dom Pérignon, et pour Doggo une médaille en argent (gravée à son nom avec mon numéro de portable) accrochée à un collier en cuir tout neuf. Maintenant que la médaille est faite, le débat est clos – Doggo restera Doggo – à supposer qu'il y ait jamais vraiment eu un doute sur la question.

Je le cherche des yeux, mais il n'est pas sur son canapé. La probabilité qu'il soit allé rendre visite à Anna – la délicieuse jeune fille qui remplace Edie à la réception – est assez forte. Elle le gâte éhontément.

Un e-mail tombe dans ma boîte. En jetant un coup d'œil à mon ordinateur portable, j'éprouve un choc : il est de Clara. Je me lance dans un rapide calcul (auquel je me suis déjà livré un certain nombre de fois) : il doit être un peu plus de 21 heures en Nouvelle-Zélande. Je regarde ma montre : il ne me reste que vingt minutes avant notre réunion avec Tristan. Je devrais peut-être attendre qu'elle soit terminée pour le lire. Mais plus tard, elle ne sera sans doute plus en ligne. J'ouvre le message.

Je suis prête à discuter x

Je reste là, à fixer l'écran. C'est tout ce qu'elle a pu trouver, après l'enfer qu'elle m'a fait traverser ? C'est une plaisanterie ? Cinq mots et une bise ? Il serait sans doute préférable que je me pose, que je laisse passer quelques minutes pour me calmer, mais mes doigts ne me demandent pas mon avis.

Génial ! Moi aussi. Enfin presque. Encore une petite dizaine d'années et ça ira.

Tout en attendant la réponse, je jette un coup d'œil à Edie. Elle voit que je la regarde.
— Qu'est-ce qu'il y a ?
— Rien.
PING.

Tu souffres. Je comprends.

Justement pas. Avant son message, tout allait bien, mais maintenant c'est une autre histoire. Une vision indésirable s'impose à moi : Clara assise dans le séjour de l'appartement très certainement hyperdesign de Wayne Kelsey, comblée et amoureuse, un verre de sauvignon blanc près d'elle, en train de taper paresseusement quelques mots sur le clavier pour clore ce chapitre de sa vie. Pas une ombre de contrition à l'horizon.

Si ne plus être obligé de me bouffer tes conneries New Age et ton narcissisme démesuré, c'est souffrir, alors oui, je souffre comme un damné.

Ma zen attitude de ce matin n'est plus qu'un lointain souvenir, je le crains.

Tu ne fais que confirmer que j'ai pris la bonne décision.

Sans blague, ça serait bien la première fois que tu aurais pris une mauvaise décision.

J'attends la réponse. Ne voyant rien venir, je commence à écrire un autre e-mail.

— Hé, toi là-bas, qu'est-ce qui t'arrive ?

Je regarde Edie.

— Rien.

— Tu grommelles.

— Mais non. C'est pas mon genre de grommeler.

— Et puis tu vas casser ton clavier si tu continues à taper dessus comme une brute.

Alors je lui raconte tout et je lui montre l'échange de messages. Elle lit par-dessus mon épaule, les mains posées sur le dossier de mon fauteuil.

À un moment, elle dit : « Ouille ! » Puis :

— Ça ne sent pas franchement la réconciliation !

— C'est ma faute ou la sienne ?

— Qu'est-ce que ça change ?

Comme je ne réponds pas, elle ajoute :

— Tu as été dur, mais elle est froide, et elle fait un peu cruche.

— Venant de la fille d'une potière, c'est intéressant.

Edie sourit et retourne à sa place.

— À ce propos, elle voudrait faire ta connaissance.

— Qui ça ?

— La potière.

— Ah bon ? Pourquoi ?

— Pas la moindre idée.

Sur ces entrefaites, Doggo déboule dans la pièce, une enveloppe dans la gueule. Il est devenu beaucoup plus entreprenant depuis peu, et il se balade dans l'agence tout seul. L'espace d'un instant, je me dis qu'il a volé une lettre sur le bureau de quelqu'un, mais Anna arrive en courant derrière lui.

— Ça marche ! Il comprend ! Je n'ai eu qu'à lui dire : « Apporte à Dan ! »

Je suis surpris et touché.

— Il reconnaît mon nom.

— Tu parles, marmonne Edie, dis plutôt qu'il sait où sont les Choco Drops.

— Non, dit Anna, il reconnaît aussi mon nom à moi. Vas-y, essaie, pour voir.

Elle va s'asseoir sur le canapé mine de rien, et quand elle est installée, je demande :

— Elle est où Anna ?

Doggo tourne la tête pour la regarder. Anna exulte.

— Tu vois ! Il est superintelligent !

— Il nous l'avait bien caché jusque-là.

Doggo a toujours la lettre dans la gueule. Je la lui échange contre un Choco Drops, et je le fais rouler par terre pour jouer.

— C'est qui le génie ? C'est qui ? Oui, c'est toi, mon petit Einstein !

Et nous batifolons de conserve, moi riant et Doggo grondant comme pour me dire : « T'emballe pas trop quand même. »

Les enfants de Ralph sont en vacances de mi-trimestre cette semaine, il s'est donc envolé avec eux pour Majorque en laissant Tristan à la barre. Pour un mec intelligent, je trouve que Tristan a beaucoup de mal à juger de l'impression qu'il donne. Est-il possible qu'il n'entende vraiment pas la révolte gronder dans les rangs ? Il a pris la place laissée vacante par Ralph avec un poil trop d'alacrité au goût de certains. Il plastronne, il parade, et il a lancé une grande opération de séduction tous azimuts.

Quand on entre dans son bureau avec Edie, il a les pieds sur la table et il fait mine de feuilleter un dossier. Une vraie caricature.

— Pas de repos pour les braves. Un nouveau brief.

Il pousse la chemise vers nous. L'annonceur veut vendre un produit qui s'appelle Dye, une coloration pour cheveux qui tient plus longtemps que les autres.

— Eh… Dye Another Day ! Je lance en plaisantant.

La référence à James Bond n'échappe pas à Tristan. Il adore.

— Eh, mais c'est bon, ça ! Très bon !

Ce qui montre à quel point il n'y connaît rien. Quel client voudrait associer son produit au plus mauvais James Bond de la série ?

Quand j'énonce cet argument, Tristan a l'air personnellement offensé.

— Moi, c'est le James Bond que je préfère.

— Non ?

Impossible. Madonna joue dedans. Sans parler du retournement totalement abracadabrant à la fin qui révèle que le délicat Toby Stephens n'est autre que l'ennemi nord-coréen du début, bricolé par greffe d'ADN.

Tristan change d'avis.

— Non, en fait, c'est *Permis de tuer*.

Celui-là est encore pire que l'autre, parce que, dans *Die Another Day*, au moins, James Bond fait du

James Bond et sauve le monde de la mégalomanie d'un psychopathe hyperactif. Dans *Permis de tuer*, Timothy Dalton se la joue perso et poursuit un parrain de la drogue latino-américain à travers toute la Floride pour se venger de lui.

— C'est comme un mauvais film de Silvester Stallone, mais avec un plus gros budget.

Edie prend la défense de Tristan.

— La scène du début est géniale.

Elle a raison, je suis bien d'accord. De toute évidence, elle s'y connaît en James Bond. Intéressant.

— Tu préfères lequel ?

J'imagine qu'elle va citer un des grands classiques avec Sean Connery, comme *Goldfinger* ou *Bons baisers de Russie*.

— *Casino Royale*.

Bien vu. Le premier Bond incarné par Daniel Craig, et son meilleur à ce jour. Nous nous lançons des bouts de dialogue de la scène du train, la rencontre de 007 avec Vesper Lynd, quand Tristan, qui ne suit plus, met brutalement un terme à la conversation.

— En fait, Dan, j'aurais un mot à te dire en privé.

Il relance l'idée du déjeuner que je lui ai proposé la semaine dernière, et qu'il était trop occupé pour accepter parce qu'il prévoyait sans doute de sauter Edie dans un sordide hôtel du quartier de la gare Victoria (j'en suis encore plus convaincu après mes toutes dernières observations). Nous nous fixons rendez-vous pour mardi de la semaine prochaine, mais il n'a pas encore terminé. Il a un conseil à me demander. J'ai appris par Edie qu'il écrivait un livre sur le métier à ses moments perdus. Ce qu'elle ne m'a pas dit, c'est que l'objectif était de « chahuter les idées reçues sur le management». Je suis encore plus intrigué quand il dit avoir puisé son inspiration chez Montaigne.

— Montaigne?

— Oui, le philosophe.

Je sais qui est Montaigne. J'ai même lu les *Essais* à la fac, et j'ai beaucoup aimé. Et justement, si mes souvenirs sont exacts, il n'avait pas grand-chose à dire sur le processus décisionnel des entreprises dans le système capitaliste, pour la bonne et simple raison qu'au XVIe siècle il aurait fallu être drôlement précurseur. Ça n'a pas l'air de déranger Tristan.

— Avec un livre de ce genre, il faut un argument de vente fort, une identité bien nette, et j'ai choisi Montaigne.

— Pourquoi?

— Parce que c'était un sceptique, et que beaucoup de mes théories sont très...

Il s'interrompt pour chercher le mot juste.

Je hasarde:

— Sceptiques?

— Restons sérieux, je te prie.

L'usage du terme «théories» au pluriel me semble légèrement présomptueux de sa part. D'après ce que je comprends, il n'en a qu'une seule, de théorie: la surabondance des cadres provoquerait l'inertie et ralentirait le système, parce que leur tendance naturelle serait de freiner les processus pour garder leur place dans l'entreprise.

— Tu imagines, si un cadre acceptait toutes les propositions qui arrivent sur son bureau, ça prouverait qu'il ne sert à rien. Autant le virer pour économiser un salaire.

C'est intéressant, mais un peu trop proche à mon avis de la loi de Parkinson pour être original, et c'est aussi un appel du pied à l'hypothèse très répandue que toutes les idées sont bonnes et devraient pouvoir remonter la chaîne décisionnelle jusqu'en haut sans entraves. Moi, je dirais au contraire que les différents niveaux de management sont justement très efficaces pour court-circuiter les idées nulles qui risqueraient de faire capoter une entreprise. Je n'exprime rien de toutes ces réflexions devant Tristan. Nul doute qu'il est prêt à se défendre avec un argumentaire très au point appuyé sur quelques études bien choisies.

— *Dé-management* ou *anti-management* ? demande-t-il.

— Pardon ?

— Pour le titre.

Je médite un peu la question.

— *Anti*, c'est un peu trop contestataire. *Dé-management* suppose un processus plus positif. Ça suggère un bon débroussaillage.

Son sourire m'indique que j'ai confirmé son opinion.

— Il va me falloir une phrase accrocheuse pour la couverture. C'est un must pour ce type de bouquin : « Le dé-management : comment bla-bla-bla… », tu vois le genre.

Absolument : *Comment faire de la thune en fourguant une théorie fumeuse à des managers crédules.* Je suis ravi de lui donner un coup de main – enfin non, pas vraiment, mais je peux difficilement refuser.

139

— Je devrais peut-être en lire des passages pour me faire une meilleure idée de ce que tu veux mettre en avant.

Il me donne un chapitre qu'il vient de terminer et qui s'intitule : « Si vous ne bouffez pas les autres, c'est eux qui vous boufferont. » Je dois reconnaître que c'est effectivement aussi pointu que du Montaigne.

Chapitre 14

Edie me lance son invitation jeudi en fin de journée au moment où je m'apprête à partir du boulot pour aller voir Fat Trev. (Je ne l'ai pas mise au courant pour ne pas la déstabiliser : j'ai l'impression qu'elle a peur que je me remette avec lui dès qu'il sera de nouveau opérationnel.)

Ce week-end, elle doit se rendre au mariage d'un ami d'enfance à Henley près de chez ses parents, et Douglas est parti pour le Shropshire où il y a un match de cricket.

— Je sais que je m'y prends tard et que tu as certainement prévu autre chose.

— C'est pour avoir un garde du corps ?

— Deux. Sauf que Doggo ne pourra peut-être pas aller au mariage proprement dit.

Peu importe, ses parents le garderont. Il est prévu qu'on dorme chez eux le samedi soir.

— Ils ont vraiment envie de vous rencontrer tous les deux.

— Tu leur as parlé de Doggo ?

— Bien sûr. Je ne partage pas ce bureau qu'avec toi.

Je prétends que je suis libre. C'est un mensonge.

J va être furieux, mais comment laisser filer cette occasion de partir en week-end à la campagne avec Edie ? De toute façon, J est déjà fâché. Il m'accuse d'avoir incité Lily à le quitter. C'est arrivé il y a quelques jours, un soir comme ça, au cours d'une énorme scène de ménage à propos de rien de spécial, comme ils en ont beaucoup, mais, cette fois, il n'y a pas eu de tendre réconciliation. Lily a balancé son verre de vin sur la télévision à écran plat, et elle a pris ses cliques et ses claques avant de sauter dans un taxi pour aller chez sa sœur.

Elle dit que tout est fini entre eux – ce qui, bien sûr, n'est pas vrai – et J est convaincu que c'est notre mauvais exemple à Clara et à moi qui lui est monté à la tête, et que notre rupture a provoqué la leur. Possible. Ça se serait déjà vu. C'est l'effet domino : les relations s'écroulent les unes après les autres, comme si, une fois le tabou brisé, plus rien ne retenait plus personne. Cela dit, je ne me sens pas responsable, et je ne pense pas que J veuille vraiment me faire culpabiliser. Tout ce qu'il me demande, c'est de lui tenir compagnie samedi soir.

Dans le genre tordu, son idée est assez géniale. C'est vrai qu'à première vue ça semble quand même assez décalé : quel homme sain d'esprit choisirait d'aller s'éclater à l'aéroport d'Heathrow ? Réponse : un gars qui voyage beaucoup pour son travail, et qui sait que les hôtels près des aéroports internationaux sont bourrés d'hôtesses de l'air de long-courriers en escale.

— Surtout ne jamais prononcer l'expression hôtesses de l'air devant elles, elles ont horreur de ça. On dit PNC, personnel navigant commercial.

Ça n'est pas parce qu'elles sont trop fatiguées pour se coltiner le trajet jusqu'à Londres qu'elles n'ont pas envie de s'amuser un peu.

— C'est l'affaire du siècle, mon pote : le parking est gratuit, et la chambre est payée par la compagnie.

J'ai ri, et ensuite j'ai accepté. Depuis, je cherche une excuse pour me décommander. Merci, Edie.

Fat Trev, ou ce qu'il en reste, m'ouvre la porte de son appartement, moulé dans un T-shirt noir, un shake Maximuscle protéiné à la main. Il est méconnaissable. L'identification est d'autant plus difficile qu'il a rasé sa grosse barbe (peut-être bien parce qu'il a retrouvé un menton digne de ce nom).

— Putain, mec, il en manque la moitié, t'as perdu un demi-Trev en route.

Je m'attends à le voir rire ou au moins sourire, mais il se contente de me broyer la main.

— Je me suis mis au EFHI, lâche-t-il.

— C'est quoi, ça ?

— Entraînement fractionné de haute intensité.

— Ah, mais oui, bien sûr, bien sûr.

— Entre.

En passant le seuil, je raye les hippopotames en tutu de ma liste de sujets de conversation désopilants.

L'appartement a été réaménagé en mode spartiate, et il ne reste qu'un rameur au milieu du séjour. Au début, Trev est sympa, il est désolé pour Clara, et il me remercie de m'être donné la peine de venir lui parler en personne de mon nouveau job à Indology, même s'il en a déjà eu vent.

— Ça ne me dérange pas du tout, c'est cool, il dit en me donnant un mug de thé vert. Complètement cool.

Nous allons dîner dehors, pas dans un endroit fantastique, mais c'est le seul resto près de l'appartement de Trev où les chiens sont admis, ce qui a l'avantage de m'épargner le végétalien où il avait prévu d'aller. Il a arrêté le gluten et les produits laitiers, mais pas l'alcool, ainsi que je le note au bout d'un moment quand je fais l'erreur de commander un deuxième gin tonic. Il abandonne sa San Pellegrino pour m'accompagner.

Tout va bien tant que nous parlons de lui, de sa métamorphose stupéfiante, de tout ce qu'il a appris sur lui-même, de sa sensation de grandir à l'intérieur pendant qu'il maigrit à l'extérieur. C'est bien le genre de conversation dont j'ai horreur, peut-être plus que jamais maintenant que Clara est partie et que je ne suis plus obligé de la laisser me bassiner avec son obsession du développement personnel – mais j'arrive tout de même à trouver les réponses adéquates, du moins c'est ce qui me semble.

— C'est très intéressant, Trev... Je n'avais jamais vu ça sous cet angle... Tu as raison, comment peut-on aimer les autres si on ne s'aime pas soi-même ?

La vérité, c'est que je n'ai jamais vraiment bien intégré pourquoi il fallait à tout prix s'aimer soi-même. Les gens que je respecte le plus ont, au contraire, un sain dégoût d'eux-mêmes, une conscience aiguë de leurs failles et de leurs paradoxes. Je garde mes réflexions pour moi, mais, de toute évidence, Trev a dû le sentir à mon expression ou à ma voix.

— T'es chiant à être cynique comme ça tout le temps, Dan.

— Mais non, je ne suis pas cynique.

— Mais si. T'as pas changé.

— Tu n'étais pas mal non plus dans le genre.

— T'as raison. Et t'as vu où ça m'a mené ? Fais gaffe.

— Merci pour le conseil, Trev, mais ça ira, tu sais.

— Peut-être. J'espère juste que tu vas avoir les couilles de prendre ta vie en main.

— Comme toi, tu veux dire ?

Trev remplit son verre de vin et se penche vers moi, une lueur inquiétante dans le regard.

— Tu vends des bains de bouche, Dan – pas de quoi se gargariser. Personne n'en a rien à foutre.

— Mais non, rassure-toi. Il n'y a pas que les bains de bouche. Il y a aussi un colorant pour cheveux, et on va peut-être bosser sur un horrible petit monospace lancé par les Français.

— Vas-y, fous-toi de ma tronche si tu veux, mais tu fourgues de la merde aux masses laborieuses. Tu veux vraiment passer ta vie à faire ça ?

Voilà, c'est parti, il est lancé. Il démonte l'industrie publicitaire, et moi avec parce que je suis un vendu qui s'anesthésie en rêvant au roman qu'il n'écrira jamais.

Tout en le regardant vitupérer, je me dis que, vraiment, je n'aime pas le nouveau Trev allégé, bouffeur de quinoa, accro à la gonflette, et, dans un quart de seconde, je vais perdre patience. Mais, juste au moment où j'ouvre la bouche, Doggo fait diversion. Il s'appuie contre moi, et je sens la chaleur de son corps sur ma jambe. Ça ne lui ressemble pas

– il n'aime pas les contacts physiques –, et, tout à ma surprise, j'en oublie ma colère qui, mystérieusement, s'évapore.

Alors je prends mon mal en patience et j'encaisse – ça n'est déjà pas facile d'écouter quelqu'un raconter des conneries, mais ça l'est encore moins quand, au milieu de tout ça, se glissent quelques vérités difficiles à entendre.

Chapitre 15

Edie répond à l'interphone.

—Je descends.

Décevant. J'aurais bien voulu entrer chez elle pour me faire une idée de sa vie avec Douglas. À en juger par son espace de travail, son appart doit être propre et bien rangé. Je vois bien des murs blancs, un beau parquet et des magazines empilés sur une table basse rétro à plateau de verre. Douglas travaille dans une banque, et, d'après ce que je sais, dans le secteur bancaire, on aime les univers aseptisés. Un type comme Douglas, ça déteste les vieux meubles patinés et les tapis persans usés jusqu'à la corde, le papier peint et les objets glanés ici et là qui prennent la poussière sur les cheminées. Ça aime la propreté, les lignes nettes, les grosses télés et les frigos énormes sans rien dedans.

J'ai proposé de prendre ma voiture, j'ai donc été obligé de nettoyer la Peugeot dedans et dehors, chose que je n'avais pas faite depuis plus d'un an. J'ai même étendu une couverture sur la banquette arrière pour Doggo. Il ne connaît Edie que dans le contexte du travail, et je vois naître la confusion dans ses yeux quand elle me donne son sac de voyage pour le mettre dans le coffre. Il sent qu'il se trame quelque chose d'inhabituel.

Tout le monde est persuadé de conduire mieux que tout le monde, du moins c'est ce qui se dit. Ça n'est pas mon cas. Je sais que je conduis trop lentement pour la majorité des gens, et je prends les embouteillages avec philosophie. Slalomer d'une file à l'autre pour gagner une place ou deux au prochain feu rouge, très peu pour moi, cette activité m'a toujours semblé totalement inepte. Moi, je roule à mon rythme, et je laisse passer ceux qui sont de toute évidence beaucoup plus pressés que moi.

— Y a pas de quoi, Ducon ! crie Edie quand le conducteur d'une BMW venant d'une rue latérale profite de mon amabilité pour passer sans un signe de gratitude. Il aurait pu dire merci, quand même !

— Edie, c'est le week-end, le soleil brille, Adele nous chante une chanson.

— C'est une question de principe. La courtoisie de base.

— Tant mieux pour nous, tant pis pour lui. On s'en fiche, non ? Relax.

— Tu as raison… Là ! Prends à gauche ! Je connais un raccourci par Baron's Court.

Nous passons vingt minutes coincés dans les travaux qui bouchent Baron's Court, avec les quelques autres automobilistes qui connaissent aussi le raccourci d'Edie.

Je suis allé une fois à Henley pour assister à une course d'aviron à laquelle participait une fille que je draguais à la fac. Dans mon souvenir, c'est une jolie ville nichée dans un coude de la Tamise, un peu confite dans son opulence. Rien n'a changé depuis dix ans. Nous roulons dans le labyrinthe des rues à sens unique quand Edie lâche sa bombe.

— Il faut que je te dise quelque chose. Douglas n'existe pas.

J'en reste coi une seconde.

— Bizarre autant qu'étrange…

— Non, je veux dire, il existe, c'est juste qu'on n'est plus ensemble depuis un bout de temps.

— Combien ?

— Huit mois.

Elle s'explique. Elle n'a rien dit au travail parce que c'est plus facile de faire croire qu'on est en couple quand on ne cherche personne. Et moi, je pense pendant ce temps : *Je parie que Tristan est au courant. En fait, je ne serais pas du tout surpris que ça soit lui qui ait exigé qu'elle rompe avec Douglas.* Je me rappelle aussi tous les mensonges qu'elle m'a racontés ces dernières semaines, les parties de billard avec Douglas dans le pub en bas de chez elle, et les touchants petits détails sur leur relation, la gentillesse avec laquelle il l'a consolée quand elle a pleuré au cinéma la semaine dernière, le dîner-surprise au restaurant étoilé par le Michelin quand on a gagné Swosh ! Elle s'est bien foutue de moi. Bien évidemment, mon expression est éloquente.

— Tu m'en voudrais moins si tu savais ce que c'est d'être une fille célibataire. C'est pesant, parfois.

— Je ne t'en veux pas.

— Dan, regarde-moi.

— Je ne peux pas. Je ne tiens pas à rentrer dans la Range Rover qui roule devant. Mais c'est dingue. Personne n'a de voiture normale, ici ?

— Si, mes parents. La leur est encore plus pourrie que la tienne.

Nous échangeons un rapide regard complice.

— Ce qui compte, c'est que je te le dise, je n'étais pas obligée.

— Bien sûr que si. Pour que je ne fasse pas de gaffes pendant le week-end.

— D'accord, mais je n'étais pas obligée de te proposer de venir.

— C'est vrai, pourquoi tu m'as invité, d'ailleurs ?

— Parce que j'en avais marre de te mentir.

J'espère un instant qu'elle va continuer, tout avouer pour Tristan par exemple, mais elle oriente la conversation vers ses parents. D'après elle, je dois m'attendre à rencontrer des gens un tout petit peu originaux.

— La maison est un bouge infâme. Oublie les draps propres et les fleurs dans ta chambre. Ça n'est pas leur genre. Je suis même sûre qu'ils ont oublié qu'on venait.

Ils vivent après Henley, sur les hauteurs des Chilterns, une région que je ne connais pas et qui me semble étonnamment sauvage et peu peuplée pour un coin aussi proche de Londres. C'est là qu'Edie a grandi, dans une vieille maison en pierre, à l'extérieur d'un hameau situé au bout d'une large vallée plantée de grands arbres, où paissent des vaches. On se croirait dans un roman de Thomas Hardy – le paradis bucolique, l'utopie rustique (enfin, avant que M. Hardy ne dissèque tout ça à coups de scalpel).

Ils n'ont pas oublié que nous devions venir. Son père, Elliot, nous accueille au bout de leur chemin gravillonné. C'est un grand type avec une belle tignasse désordonnée comme tout compositeur qui se respecte. Il porte un short de rugby à cordon et, détail étrange, un T-shirt délavé de Blue Öyster Cult.

— Papa, tu t'es blessé !

C'est vrai : il saigne. Il a les bras couverts de griffures, dont certaines sont assez profondes.

— Ta mère m'a fait arracher des ronces toute la matinée.

— Elle est où ?

— Dieu seul le sait. Sans doute en train de tourner un pot.

Il me serre la main.

— Excusez l'impolitesse de ma fille. Vous devez être David.

— Daniel.

— Pardon. Je n'ai aucune mémoire des noms. Ni des visages, à vrai dire.

Il fait un geste pour prendre Edie dans ses bras, mais elle le repousse, inquiète pour son chemisier blanc.

— Papa, tu vas me mettre du sang partout.

Alors ils se contentent de tendre le cou pour se donner deux bises.

— Tu es plus belle que jamais, ma chérie.

Il plie ses longues jambes pour s'accroupir devant Doggo.

— Et toi, mon cher ami, tu es encore plus laid que je ne me l'étais laissé dire.

Sa mère, effectivement, est à son tour de potier. Nous la trouvons dans la porcherie reconvertie qui lui sert d'atelier. Elle s'appelle Sibella, et je vois immédiatement de qui Edie tient ses grands yeux un peu félins. Les cheveux très noirs de Sibella sont

151

parsemés d'argent, et retenus en chignon sur le sommet de sa tête par ce qui ressemble fort à deux baguettes chinoises.

Elle ne nous jette qu'un rapide coup d'œil sans arrêter d'appuyer sur la pédale pour faire tourner le plateau.

— Bonjour, chérie, Daniel, Doggo. Bienvenue ! Et maintenant tous dehors, j'en suis à un moment délicat.

La maison n'est pas exactement un dépotoir, mais les pièces du bas ressemblent un peu à une brocante. Il y a des livres partout, faisant ployer les bibliothèques, et, dans les rares espaces de mur libres, ils ont casé des vitrines remplies de trouvailles de toutes sortes, surtout de nature archéologique : des fragments de pots en terre cuite, des statuettes en bronze, des fossiles et autres reliques. La cuisine dallée de pierre est glaciale, même un jour comme aujourd'hui. Une batterie de casseroles de bonne qualité pendue à des crochets indique qu'il s'agit du centre névralgique d'une famille amatrice de bonne bouffe, impression confirmée par une panoplie de couteaux collés à une barre magnétique au-dessus de la cuisinière Aga en fonte. Le salon de musique, situé à l'arrière sur le jardin, contient la plus grande collection de vinyles que j'aie jamais vue, à moins d'aller chez un disquaire d'occasion. Un piano à queue est à la place d'honneur, couvercle fermé, encombré de partitions, mais il y a d'autres instruments dans la pièce, posés comme si les musiciens de l'orchestre avaient brusquement tout laissé en plan pour faire une pause pipi.

— Tu joues du piano ? je demande.

— Oui.

—Et du violoncelle?

L'instrument en question est appuyé contre un divan recouvert d'un vieux velours pêche pâli.

—Oui, oui.

J'ajoute en tendant le doigt:

—Pas de la harpe quand même?

—Si, un peu.

—Nan…

—Je t'assure.

—Prouve-le.

Edie s'assoit sur le tabouret et incline l'énorme instrument vers elle pour le faire reposer contre son épaule. Je l'observe, fasciné par ses longs doigts qui dansent sur les cordes sans paraître les toucher. «Un peu», pour elle, veut de toute évidence dire «beaucoup» pour n'importe qui d'autre. Même moi qui n'ai aucune oreille et zéro talent musical, je m'en rends compte. J'ai déjà entendu ce morceau, mais je ne sais plus ce que c'est.

—La première *Arabesque* de Debussy, annonce Edie quand elle a terminé. C'est plus facile à jouer que ça n'en a l'air, mais ne le répète à personne.

Ma chambre, plafond bas et poutres apparentes, est à côté de la sienne. Nous nous croisons brièvement dans la salle de bains. Elle en robe de lin bleu marine, moi en costume, elle pour s'arranger un peu les cheveux et se maquiller, moi pour équilibrer mon nœud de cravate et enlever une vieille tache sur le revers de ma veste avec un gant mouillé.

Nous avons juste le temps d'échanger quelques mots avec Elliot et Sibella en buvant un verre de prosecco sur la terrasse à l'arrière. Ils tiennent à porter un toast à notre récent succès.

— Est-ce qu'elle est réellement capable de réussir ? me demande Sibella avec une inquiétude toute maternelle.

— Plus que capable.

— Vous prendrez bien soin d'elle, j'espère.

— Si elle en a besoin, mais j'en doute.

— C'est une jungle, ce monde-là.

— Maman, arrête…

Malgré le gémissement d'Edie, Sibella insiste.

— Mais c'est vrai, la réussite, ça se paie toujours.

— Et nous parlons d'expérience, intervient Elliot avec un petit rire ironique.

Je m'en tiens à un sourire figé, désarçonné par cette autodérision (mon père à moi n'aurait jamais, au grand jamais, dit une chose pareille) et un peu gêné aussi, je n'ai pas non plus envie d'avoir l'air de me moquer des illusions perdues de mes hôtes.

Elliot nous dépose au pub dans leur vieille Golf, qui est, en effet, encore plus déglinguée que ma Peugeot. Cabossée, rouillée, elle est dotée d'un autoradio datant de l'époque où les cassettes étaient le summum de la hi-fi automobile. Le village où a lieu le mariage n'est qu'à dix minutes par une route de campagne ensoleillée qui traverse une nature en plein renouveau. On ne pourrait pas rêver plus belle journée pour se marier – il fait une température idéale, chaude, mais pas assez pour transpirer, et, haut dans le ciel, passent quelques gros nuages cotonneux tout pareils à des bateaux corsaires aux voiles gonflées par le vent.

Le futur marié, Jeremy, dit Jez, dit Jezza (crâne rasé et petit diamant à l'oreille), n'a pas lésiné : c'est open bar au Royal Oak. Jez est le frère aîné de la meilleure amie d'enfance d'Edie, une fille extra-vertie aux cheveux blond platine coupés au carré, qui s'appelle Trisha, dite Trish, dont le chéri, Richard, dit Rick, dit Dickster, est le cousin du tout premier chéri d'Edie, Alex, dit Al, un beau mec, petit, sec et nerveux qui me tend une main récalcitrante et me jette un regard haineux quand on nous présente sur la terrasse à l'arrière du pub. Il ne commence à se décontracter qu'après avoir compris qu'Edie et moi, nous ne sommes pas ensemble, mais seulement collègues.

Il n'y a pas loin à aller à pied du pub à l'église par la rue principale. Nous trouvons des places au milieu d'une mer de chapeaux dans le brouhaha étouffé des conversations. La mariée arrive avec le retard de circonstance, affublée d'une extraordinaire robe bouffante et emperlousée qui aurait fait rougir de honte même la fée la plus frivole. Les yeux d'Edie se remplissent de larmes dès le premier hymne.

— Elle en a tellement bavé quand on était jeunes, me murmure-t-elle.

D'énormes acclamations fusent quand Jez embrasse enfin la meringue qu'il vient d'épouser, et, cinq minutes plus tard, nous les bombardons de riz dans le cimetière. Ce n'est que mon quatrième mariage, mais je sais déjà que ce genre de cirque, ça n'est pas pour moi. Sans doute était-ce inévitable, mais mes pensées s'égarent vers Clara. Il nous est arrivé de discuter de ce qu'on aimerait faire le jour de notre mariage. Clara imaginait une destination exotique, une cérémonie humaniste sur une plage ou en haut d'une falaise, en présence seulement de quelques amis très proches. Cela m'aurait tout à fait convenu, même si je me serais aussi satisfait d'un plus grand rassemblement au bureau de l'état civil de Chelsea suivi par une fête à tout casser dans un restaurant du coin. De toute façon, ça n'est plus à l'ordre du jour.

C'est tout le problème : les mariages, ça réveille les souvenirs, et pas que des bons. Ça crée aussi quelques tensions. Autour de moi, pas mal de jeunes types entre vingt et trente ans me semblent sacrément mal à l'aise et évitent les regards lourds de reproches de leurs compagnes, lesquels regards expriment clairement : « Et nous, c'est pour quand ? » J'aperçois aussi Alex, parti fumer une cigarette du côté du portail du cimetière. Il observe jalousement Edie alors qu'elle ne fait que parler à une vieille dame extrêmement fripée, appuyée sur ses deux cannes, et j'ai la désagréable impression que je vais devoir l'avoir à l'œil.

Edie nous trouve une place dans une voiture pour aller jusqu'au manoir où a lieu la réception. C'est un énorme mastodonte georgien entouré d'un parc somptueux. Je ne m'attends pas à ce qu'Edie me chaperonne, et c'est tant mieux parce qu'elle se perd tout de suite dans la foule qui a envahi la terrasse du jardin, à la recherche de ses anciennes connaissances. Il y a du bon à être invité à une réception où on ne connaît pas un chat : on n'a besoin d'éviter personne, et on peut s'extraire d'une conversation ennuyeuse sans trop vexer la compagnie. Je papillonne de-ci de-là en suivant mon instinct qui me mène au bout de la pelouse, près d'une jeune femme coiffée d'une capeline de paille qui fume un joint derrière une sculpture représentant un lion en train d'attaquer un cheval.

— Police ! Pas de scandale, mademoiselle.

— Vous avez votre carte ?

— Je suis incognito. Je vais vous demander de me donner ça, c'est une pièce à conviction.

Elle me tend le joint, et je tire une taffe.

— Ouais, c'est bien ce que je pensais, vous êtes en état d'arrestation.

— Fais quand même gaffe, elle est forte.

Elle n'a pas tort. C'est très fort. Vingt minutes plus tard, un petit bonhomme complètement ridicule déguisé en garde champêtre bat le rappel pour rassembler tout le monde sous le chapiteau où a lieu le repas, et on se quitte sans que je sache comment elle s'appelle. Je ne le lui demande pas, ça gâcherait l'ambiance.

Mon portable est éteint depuis l'église. Je le rallume tout en repérant ma place sur le plan de table. Il y a un message vocal de ma mère. J'entends tout de suite qu'elle a pleuré. Et bu, aussi, à en juger par sa diction pâteuse.

« Danny, mon poussin, c'est moi. Rappelle-moi quand tu pourras. C'est important. »

J'essaie de me souvenir quand elle m'a appelé « mon poussin » pour la dernière fois, et je revois un gamin avec la raie sur le côté, en culotte courte de velours gris. Un étau glacé m'étreint le cœur. Je sais tout de suite ce que ça veut dire. S'il était arrivé quelque chose à Nigel – et, soyons réaliste, vu ses excès, le problème cardiaque ou cérébral n'est pas à exclure –, elle l'aurait dit directement. Non, c'est quelque chose qui ne concerne que nous, quelque chose dont elle ne veut pas parler par répondeur interposé.

— Merde.

— Ne vous plaignez pas, si vous saviez à côté de qui on m'a placé, moi, plaisante un vieux type qui, comme moi, regarde où il doit s'asseoir.

Le repas et le vin sont fort agréables, contrairement aux discours. Le beau-père de la mariée trouve drôle de répéter vingt fois que le mariage l'a ruiné. Jez pose les notes qu'il a préparées et improvise un éloge beaucoup trop détaillé des talents érotiques de sa nouvelle épouse, puis la demoiselle et le garçon d'honneur se lancent dans un duo comique cette fois très scénarisé, truffé de blagues bien lourdes qui font un gros flop.

Edie me lance un regard d'excuse. Et, en effet, je me demande pourquoi elle m'a invité. Elle devait bien se douter que je n'allais pas m'entendre avec des gens comme sa grande amie Trisha, qui, dès que nos regards se sont croisés, s'est dit à peu près la même chose que moi : « Pas du tout mon genre. »

Clara avait l'habitude de danser comme si elle était en transe, et que toutes les forces de mère Nature remontaient de sous la terre *via* la plante de ses pieds pour animer ses bras et ses jambes de leur vigoureuse énergie. Malheureusement pour moi, j'ai été quelque peu contaminé : j'ondule, tête en arrière, yeux fermés, bras levés, telles des algues ballottées par deux courants contraires. Je sais de quoi j'ai l'air, mais le remix club de *Heroes* de David Bowie m'a plongé dans un trip ultra-intense. Je suis dedans, les autres n'ont qu'à s'aligner.

— Tu te sens bien ? crie Edie à mon oreille.

J'ouvre les yeux et je vois qu'elle a l'air vaguement inquiète.

—J'ai une choré plus compliquée en tête, mais je me réserve pour plus tard.

—Oui, très bonne idée, garde-la pour beaucoup plus tard !

—Tu sais ce qu'on dit : « Danse comme si personne ne te regardait. »

—Sauf que là, tout le monde te regarde.

C'est vrai, j'ai un petit public. Il y a même quelques gamins qui m'imitent. Je réponds en hurlant pour couvrir la musique :

—L'imitation est la forme de flatterie la plus sincère.

—Qui a dit ça ?

—J'en sais rien. On s'en fout, non ?

C'est là que je me rends compte que je suis soûl et que j'ai besoin de reboire un coup. Je sors pour aller chercher une vodka tonic au bar. Il est près de minuit en Espagne, mais ça n'est pas grave. Maman est une couche-tard. Elle est encore debout et elle attend que je la rappelle. Je compose le numéro, mais je raccroche tout de suite. J'ai l'esprit encore assez clair (enfin presque) pour lui parler, mais je n'ai pas envie de le faire tout de suite. J'ai besoin de temps. J'ai envie d'être encore moi pour une nuit, d'être Daniel Wynne, fils de Michael Wynne et d'Ann Wynne (née Larssen), frère d'Emma, et pas son demi-frère. Le ciel scintille d'un milliard d'étoiles, mais mon humeur n'est pas brillante, alors je repars vers le chapiteau dans l'espoir de m'y changer les idées. Et, de fait, une diversion ne tarde pas à se faire sous la forme d'une grosse dame, robe satinée et accent chic, qui vient se laisser tomber à côté de moi à la table vide où je me suis installé. Sa récente gymnastique sur la piste de danse l'a mise en nage. Elle se verse un verre de vin blanc.

— Il faut vous battre un peu plus.

— Je vous demande pardon ?

— Allez-y, elle ajoute en désignant la piste de danse. Si vous voulez la garder, il faut foncer.

Elle regarde Edie qui se déhanche en compagnie de trois types, dont Alex.

— On n'est pas ensemble. On est juste collègues.

— Là, vous me décevez.

Je ne suis pas le mieux placé pour parler des mœurs campagnardes, mais j'ai grandi à Norwich, une petite ville entourée par les champs, donc je ne prends pas trop de risques en disant que les gens de la campagne sont complètement différents de ceux de la ville. Et pas seulement parce qu'ils ont toujours un ou deux fusils de chasse rangés sous leurs lits. Ça tient à autre chose : à ce qu'ils font de leur temps, à leur manière de poser le pain sur la table. À la campagne, on rencontre des personnes dont le métier consiste à vidanger les fossés, couvrir les toits de chaume, remonter des murets de pierre sèche, castrer les veaux, réparer les engins agricoles, vendre du fumier, et j'en passe. Barbara, la dame à la robe satinée, gagne sa vie en prenant des chevaux en pension dans ses écuries tout en élevant des poneys pour se faire un complément. Voilà comment elle remplit ses journées, voilà comment elle remplit le réservoir de sa « Land Rover crottée des roues au capot ». C'est une amie intime de la mère de la mariée. Elle a aussi appris à Edie à monter à cheval – « Il y a bien longtemps, va ».

— Attendez que je devine : elle était excellente cavalière.

— Absolument. Édie a toujours réussi tout ce qu'elle entreprenait. Tout sauf…

Elle ne termine pas sa phrase.

— Tout sauf quoi?

— Ça n'est pas à moi de le dire.

Je glisse la main à l'intérieur de ma veste.

— Vous voulez combien?

Barbara a un sourire.

— Gardez votre argent, c'est gratuit.

Puis, après avoir repris une gorgée de vin, elle crache le morceau:

— Ça tient en un mot: l'amour.

— Ah?

— Elle n'a jamais su chercher où il fallait.

— Et où faut-il chercher?

— Partout où on ne cherche pas.

Je médite ces sages paroles.

— Ne me regardez pas comme si j'étais un génie, j'ai lu ça dans *Cosmopolitan*. Un tissu d'inepties, ce magazine. Vous connaissez le genre de test: «Êtes-vous une femme rouge, verte ou bleue?»

— Vous, vous êtes quoi?

— Moi? Je suis une femme heureuse en mariage qui a aussi deux heureux divorces à son actif, donc je suis mal placée pour donner des conseils.

— Vous vous y connaissez sûrement beaucoup mieux que vous ne voulez l'admettre.

Elle balaie la flatterie d'un geste.

— Vous êtes homosexuel?

— Vous promettez de ne pas me lyncher si je dis oui?

Elle est outrée.

—Pardon, mon cher, mais nous ne sommes pas aussi attardés que les bobos dans votre genre l'imaginent. En fait, nous sommes même plutôt évolués. Il le faut bien. On ne peut rien cacher à personne ici.

—Bon, je ne suis pas homosexuel.

—Alors qu'est-ce que vous fabriquez à cette table au lieu d'aller vous battre pour elle?

Elle désigne la piste d'un signe de tête.

—Enfin, regardez-la. Ne me dites pas que vous êtes insensible. Elle est ravissante, et je ne dirais pas ça de beaucoup de gens.

—Je passe toutes mes journées dans un bureau avec elle. Vous pourriez vivre et travailler avec la même personne, vous?

—En voilà un grand romantique!

—Non, mais sérieusement?

—Vous ne la méritez pas si c'est ça qui vous arrête.

—Non, mais vous en pensez quoi, vraiment?

Elle ignore de nouveau la question.

—Soit vous trouvez un moyen pour que ça fonctionne, soit vous aurez des regrets.

Elle me pose la main sur le bras.

—Le travail est éphémère, l'amour peut durer toute la vie.

—*Cosmopolitan*?

—Non, je crois que j'ai trouvé ça dans *Grazia*.

Les choses se gâtent à l'instant où le mari de Barbara vient la chercher pour lui présenter quelqu'un. Mourant d'envie de faire pipi, je me dirige vers la sortie lorsque Edie me fait signe de venir danser, une invitation qui semble ne pas plaire du tout à Alex à en juger par son air furieux. Je fais signe que je reviens tout de suite, mais je n'avais pas prévu qu'il y aurait une file d'attente aussi longue pour les toilettes, et il s'écoule au moins dix minutes avant mon retour. La première chose que je vois en rentrant sous le chapiteau, c'est Edie qui repousse Alex, et Alex qui la retient violemment par le bras. Je me précipite sur la piste.

— Tout va bien?

Edie a l'air très mal et inquiète.

— Oui.

Alex a l'air très soûl et agressif.

— Tout va bien, mec.

— Non, tout ne va pas bien, on ne lève pas la main sur une femme.

— Elle ne s'est jamais plainte de sentir mes mains sur elle.

Une réponse immonde, vaniteuse, suggestive, possessive. Je me hérisse, prêt à lui sauter à la gorge.

— Dan, laisse tomber, dit Edie.

— Oui, laisse tomber, Dan, ricane Alex. Fous le camp, puisqu'on te le dit!

— Fais attention, espèce de petit con.

Il recule d'un pas en disant :

— Je suis ceinture noire de karaté.

— Mais c'est très utile, ça, une ceinture noire de karaté!

L'espace d'un instant, je crains qu'il ne soit pas aussi lâche que je l'imaginais, mais il n'a pas assez bu pour gâcher le mariage de Jez et Amy. Il tourne les talons et bat en retraite, hors de lui.

Edie semble consternée.

— Tu aurais pu t'abstenir!

— Tu aurais préféré que j'attende qu'il te mette une ou deux claques?

163

Elle part à la poursuite d'Alex. En allant chercher un remontant au bar, je passe à côté de Barbara. De toute évidence, elle a été témoin de la scène parce qu'elle m'adresse un clin d'œil.

— Bravo, il y a du progrès…

Dans le taxi qui nous ramène chez ses parents, nous n'échangeons pas un mot. Un quart d'heure de silence glacé. Edie ne m'adresse la parole qu'une fois que j'ai payé la course et que nous sommes entrés dans la cuisine par la porte de derrière.

— Un dernier verre?

— Pourquoi pas.

Elle m'en veut et je n'ai pas envie qu'on reste fâchés. Il vaut mieux mettre les choses à plat tout de suite pour épargner à ses parents une sale ambiance demain. Elle sort une bouteille d'Armagnac et nous nous posons à la table de la cuisine.

— Edie, je te demande pardon.

— C'est un peu tard pour s'excuser.

— En même temps, par définition, les excuses, ça vient toujours «plus tard».

— J'étais tout à fait capable de me débrouiller seule. Je n'avais pas besoin que Rambo vienne à la rescousse.

— Ça ne m'a pas plu de le voir te brutaliser. Ç'a été plus fort que moi.

— Je n'aurais jamais dû t'inviter.

Pas très sympa. Je veux bien reconnaître mes torts, mais tout de même.

— Tu sais aussi bien que moi pourquoi tu m'as demandé de venir.

— Comment ça?

164

La manœuvre m'est apparue clairement dans le taxi, tout à l'heure. Elle s'est servie de moi pour détourner l'attention de sa liaison illicite avec Tristan. Hier, à l'agence, tout le monde a remarqué qu'on allait partir en week-end ensemble.

— C'est toi qui as eu cette brillante idée ou c'est Tristan ?

— Tristan ? Je ne vois pas ce que Tristan a à voir là-dedans.

Elle joue bien la comédie, et je fais durer le silence en prenant une gorgée d'Armagnac.

— Rien, rien du tout.

— Non, je veux savoir ce que tu insinues. Allez, vas-y.

— Ce que j'insinue, c'est que ça ne fait que confirmer ce dont je me doutais déjà un peu, à savoir que tu couches avec lui.

Je m'attends à ce qu'elle nie farouchement, mais elle craque presque tout de suite, pas directement, mais elle lâche un soupir étouffé et son regard n'arrive pas à soutenir le mien.

— Je ne te juge pas, Edie.

— Encore heureux, ça serait un peu fort venant d'un mec qui a baisé avec la sœur de son ex.

J'ai peur de dire quelque chose d'impardonnable, alors j'attends un peu avant de répondre.

— Vas-y, venge-toi sur moi si ça te fait du bien.

— Mais non, pardon… Merde, je suis nulle.

Je pose la main sur la sienne avec une pression rassurante.

— On n'est pas obligés de parler de ça maintenant. Je crois même qu'on ferait mieux de ne rien dire du tout.

— Et si je veux en parler, moi ?

— La nuit porte conseil. Là tout de suite, je n'ai pas trop la tête à ça – des affaires de famille, rien à voir avec toi.

— Rien de grave, j'espère.

Je préfère mentir.

— Non, non.

Nous nous séparons dans la pénombre, au bas de l'escalier parce que je veux aller souhaiter une bonne nuit à Doggo dans le salon.

Elle dit avec un sourire dans la voix :

— Mais c'est très utile, ça, une ceinture noire de karaté…

— Ça t'a plu ?

— Pas sur le moment.

Elle plante un baiser sur ma joue avant de monter.

— Merci d'avoir pris ma défense.

Je la regarde grimper les marches.

— Un jour, j'arriverai peut-être à te comprendre, je lui lance avant qu'elle ne soit arrivée en haut.

Sa voix résonne dans le noir.

— Pas sûr.

Doggo ronfle sur le canapé du salon. Il se réveille en m'entendant arriver.

— Salut, Doggo, ça va la vie ?

Je m'assois à côté de lui. Entre mes doigts, je sens quelques gratterons accrochés dans les poils longs de ses oreilles, ce qui prouve qu'Elliot et Sibella ont tenu leur promesse d'aller lui faire faire une bonne grande balade dans la campagne.

— Ils t'ont épuisé à ce que je vois.

Doggo me suit quand je me lève pour quitter la pièce, et, en voyant que je lui ferme la porte au nez, il aboie une fois, puis deux, puis trois.

J'entrouvre en disant «Chut!», mais il se faufile par l'entrebâillement en forçant le passage. Une fois dans le couloir, il agite sa queue en balai de chiotte et lève vers moi un regard malheureux.

— Tu te sens seul? Bon, d'accord, juste pour cette fois, alors.

Doggo passe une excellente nuit. Pas moi. Allongé sur le dos, je le sens à travers la couette, appuyé de tout son poids contre ma cuisse. Il doit trouver le contact rassurant, comme moi d'ailleurs, parce que dès que je bouge un peu la jambe, il se déplace en même temps. Peut-être est-ce une vieille habitude – il dormait sans doute sur le lit de son ancien maître – et il lui a fallu tout ce temps pour se sentir assez en confiance pour faire pareil avec moi. Il tressaille dans son sommeil, pousse un petit gémissement. De quoi peut-il rêver? De son ancienne vie?

C'est bizarre, je n'ai jamais réfléchi à ça avant. Je ne sais quasiment rien de son passé. Clara m'a simplement dit que ça n'était pas un chien abandonné, qu'il venait d'une bonne maison où il était heureux. Je veux bien le croire. Il n'est ni craintif ni rétif comme un chien qui aurait souffert. Ce n'est pas une de ces pauvres bêtes qui tremblent de tous leurs membres dès qu'elles espèrent recevoir ne serait-ce que la plus passagère des attentions. Certes, il aime qu'on le caresse, mais il n'hésite pas à vous faire comprendre d'un regard impérieux qu'il en a assez. Je ne l'en respecte que plus. Il est indépendant, sûr de lui sans jamais céder à la prétention, conscient de son intelligence mais sans vantardise ; quant aux illusions dont il se berce sur son apparence, elles sont très touchantes. Si je devais le comparer à un personnage de la littérature, ce serait à Hercule Poirot.

Ah ! Hercule ! Enfin, un nom qui lui irait bien à ce petit galopin. Prononcé à la française, bien entendu. En anglais, ça fait trop penser au héros grec et à ses douze travaux. Le courage et la force ne sont pas des qualités que j'associerais spontanément à Doggo. Hercule… Oui, c'est pas mal, mais pas encore mieux que Doggo.

Je pose la main sur lui aussi doucement que possible pour ne pas le réveiller. Est-ce la chaleur de son corps ou le mouvement régulier de sa cage thoracique qui se soulève, toujours est-il que je ne tarde pas à le rejoindre au pays des songes.

Chapitre 16

Nous prenons le petit déjeuner dehors sous un grand soleil, dans le jardin. C'est épuisant, et pas seulement à cause de l'abondance de nourriture. La conversation est animée, variée, polémique, même. Elliot nous lance en pâture des nouvelles glanées dans les journaux du dimanche, et il s'attend à ce que tout le monde réagisse. Une nouvelle frappe de drones au nord du Pakistan a rayé de la carte des tas d'innocents. Que pensons-nous des drones ? La guerre contre les talibans est-elle vraiment une guerre ? Comment définit-on une guerre juste ? N'est-ce pas une contra-diction dans les termes ? Quelles pensées nous suggère l'inhumanité de l'homme pour l'homme ?

— Et pour les animaux, intervient Sibella.

Elle est végétarienne, mais elle nous regarde nous empiffrer de bacon, de saucisses et de boudin noir, sans que ça la trouble outre mesure.

On refait du café, puis la conversation s'oriente sur moi. Ça n'est pas exactement un interrogatoire, mais pas loin. Je ne sais pas pourquoi je me prête au jeu – c'est vrai, je ne les connais pratiquement pas, ces gens –, mais je lâche tout : la petite phrase de mon grand-père à la maison de retraite, les dénégations farouches de ma mère, et puis le message dérangeant qu'elle m'a laissé hier soir sur mon téléphone.

Verdict d'Edie :

— T'en fais pas, va, c'est sans doute rien.

Sibella fronce les sourcils.

— Mon pauvre !

J'essaie de ne pas trop forcer la dose.

— Ça n'est pas catastrophique, vous savez. Vous ne connaissez pas mon père.

— Vous non plus, apparemment, jette Elliot.

— Papa !

— Juste un peu d'humour, pour détendre l'atmosphère.

Au fond du jardin, il y a un vieux banc appuyé contre un mur couvert d'un rosier ancien. Il est chargé de boutons énormes sur le point de fleurir. Je passe tous ces détails au crible, tel un flic débarquant sur une scène de crime. Voilà l'endroit où le monde tel que je l'ai toujours connu va changer à tout jamais. Je suis content que Doggo soit là, assis à côté de moi sur le banc.

Nigel répond après plusieurs sonneries.

— Ne quitte pas, vieille branche, lance-t-il dans une parfaite imitation d'aristocrate anglais snob. Elle te prend dans un quart de seconde.

Je comprends qu'ils sont dehors, sans doute au bord de la piscine où ils se font rôtir par le soleil espagnol.

— Danny, enfin ! Tu as eu mon message ?

— Désolé, j'avais éteint mon portable. J'étais à un mariage.

Elle me demande qui se mariait et où exactement je suis dans les Chilterns, et s'il faut en tirer la conclusion qu'il y a quelque chose entre moi et Edie. Ses questions sonnent juste, et n'ont pas l'air d'être un préambule laborieux pour trouver le courage

170

d'aborder le vrai sujet de la conversation, c'est-à-dire le délicat problème qui nous occupe. Elle paraît réellement curieuse, elle bavarde d'un ton enjoué, et, finalement, c'est moi qui dois lui rappeler qu'elle a quelque chose à me dire.

— Maman, tu as dit que c'était important.

— Ah, oui. Oui, c'est important. Je n'arrive pas à mettre la main sur mon agenda des anniversaires, et je sais que c'est bientôt celui d'Alice. Emma va me tuer si j'oublie encore de le lui souhaiter.

Je ne réponds pas.

— Danny, tu es là?

— Tu avais l'air d'être dans tous tes états.

— Qui ça, moi? Mais quand?

— Dans ton message. On aurait dit que tu avais pleuré.

Je ne me suis pas trompé, elle a effectivement pleuré, mais parce qu'elle venait d'apprendre qu'une vieille amie à elle venait de succomber à un cancer du sein.

— Tu te souviens de Pat Connelly?

Vaguement. J'ai gardé l'image d'un visage large et d'une cascade de boucles brunes.

— J'attends de savoir quand l'enterrement doit avoir lieu. On pourrait peut-être déjeuner ensemble quand je serai à Londres pour la cérémonie.

— Oui, bien sûr.

— Ton enthousiasme me touche!

Je n'ai pas le courage de dire la vérité à Edie et ses parents. Ils vont croire que je suis parano (ce qui n'est peut-être pas faux), ou, pire, carrément mytho. C'est le moment de faire preuve d'imagination sans mentir tout à fait.

— Elle va bientôt venir à Londres. Elle veut déjeuner avec moi.

— C'est tout ce qu'elle a dit ? s'étonne Sibella en me transperçant du regard.

— Oui.

— Pas d'indice pour indiquer si vos soupçons sont fondés ?

— Sib, laisse-le tranquille, ce pauvre garçon, intervient Elliot. Tu vois bien qu'il n'a pas envie d'en parler.

— Ça n'avait pas l'air de le déranger tant que ça tout à l'heure.

Edie la fait taire d'un regard excédé. Sibella me laisse tranquille, mais je vois bien qu'elle trouve tout ça bien louche.

J'ai dit hier à Edie que la nuit lui porterait conseil, et j'avais raison. Elle ne mentionne plus Tristan. Je n'aborde le sujet qu'en rentrant à Londres après un bon bout de route.

— Qu'est-ce que tu veux que je te dise, Dan ? C'est comme ça, et puis c'est tout.

— Mais, Edie, il est marié.

— Il ne s'entend pas avec sa femme. Tu as dit que tu n'allais pas me juger.

— Je ne te juge pas. C'est juste que je suis...

Je n'arrive pas à trouver le mot qui convient.

— Quoi ?

— Je ne sais pas. Mettons que je suis inquiet.

— Il n'y a pas de quoi s'inquiéter.

Et voilà, fin de la conversation.

Chapitre 17

Je suis content que Ralph soit de nouveau à la barre. Il y a en lui quelque chose de vaguement ridicule, un côté pirate des Caraïbes, mais au moins il impose le respect, à la différence de Tristan qui l'exige en tapant du pied. J'observe beaucoup Tristan, depuis peu. Je n'ai jamais totalement réussi à l'ignorer, mais j'arrivais à le repousser à la périphérie de ma conscience, au temps béni où sa liaison avec Edie ne m'avait pas encore été confirmée. C'est peu dire qu'il est mécontent de retrouver sa place de second à l'agence. Son regard parle pour lui quand Ralph nous présente le brief Bosso.

Le Bosso est le nouveau monospace de… mystère : nous n'avons pas le droit de savoir lequel des trois grands constructeurs automobiles français est responsable de ce petit monstre. L'appel à concourir pour la pub télé est passé par une boîte de consultants en marketing et gestion de marques qui explique que le client préfère libérer les agences en compétition de toute idée préconçue, et ne les faire travailler que sur les mérites de la voiture elle-même. Seul problème : les mérites en question se présentent sous une forme qui, pour des raisons obscures, est totalement hideuse – c'est une sorte de tank trapu dont l'avant écrasé va totalement à contre-courant des tendances actuelles en matière de design automobile. La consommation, on l'admet, est exceptionnellement basse, et il y a des tonnes de gadgets inclus dans la version série, mais c'est une verrue sur le nez, une aberration, un tas de boue juste conçu pour transporter des passagers d'un point à un autre.

— Qui va vouloir acheter ce produit ? interroge Ralph.

— Oui, qui… ? lance Tristan.

— Un crétin qui a de l'argent à perdre, suggère Megan.

Nous sommes onze autour de la table : les trois équipes créatives, Patrick et deux autres commerciaux (Damien et Lotty), plus Ralph et Tristan. Décrocher un spot télé pour le lancement d'une nouvelle voiture, ça serait un grand coup pour une petite agence comme la nôtre, mais Tristan est d'avis que c'est une perte de temps. Il est convaincu que le Bosso va nous desservir, non seulement parce qu'il ne se vendra pas, mais parce qu'il est ridicule. Pouvons-nous vraiment nous permettre d'associer notre image à ce crapaud ?

Ralph le rembarre.

— Ne sois pas défaitiste ! N'importe qui peut vendre la nouvelle BMW série 5 – ça n'est pas bien difficile. En revanche, trouver le marché d'une grosse merde pareille, alors là, chapeau. Voilà ce qui forge les grandes réputations. Si on y arrive, on s'en vantera encore quand on sera en maison de retraite.

Tout le monde s'esclaffe, mais un peu nerveusement parce que Tristan a l'air furieux.

— Si on y arrive… Moi, je vous dis que c'est un cadeau empoisonné.

— Objection notée, dit Ralph. Je veux tout le monde dessus. Réponses en trois lignes mercredi en huit, merci.

Autour du billard, l'humiliation publique de Tristan est la source de discussions amusées. Du coup, je prends sa défense, en partie par égard pour Edie. Ce ne doit pas être facile de voir ridiculiser aussi joyeusement par ses collègues le type avec qui on couche. Plus tard, quand on se retrouve tous les deux seuls dans notre bureau, elle me reproche d'avoir défendu Tristan.

Je n'apprécie pas beaucoup de voir ainsi mes bonnes intentions critiquées.

— Bon, tu n'as qu'à me dire ce que je dois dire, ça ira comme ça ?

— Ou alors tu pourrais juste dire ce que tu penses.

— Il vaut mieux ne pas s'appesantir sur ce que je pense vraiment.

En fait, et malgré ce que j'ai prétendu pendant le week-end, je la juge, pas tellement sur le plan moral, mais pour ses goûts plus que douteux.

Edie proteste.

— Tu ne vois pas tous ses bons côtés.

— Ah, il en a ?

— Va te faire foutre, Dan.

Doggo se met à aboyer sur le canapé. Il doit avoir senti la tension et nous rappelle à l'ordre. Edie et moi, on le regarde, on échange un regard, et on se marre. C'est une bonne excuse pour arrêter de nous disputer.

— Tu auras peut-être une meilleure opinion de lui après votre déjeuner de demain.

J'avais complètement zappé le rendez-vous, heureusement que Tristan en a reparlé tout à l'heure. Il a réservé une table dans une nouvelle brasserie branchée à Covent Garden, ce qui ne me fait que moyennement plaisir puisque – si je me souviens bien –, c'est moi qui invite. Je pense qu'il n'a pas oublié ce détail non plus.

On nous donne une très bonne table pour deux à banquettes rembourrées en plein milieu de la salle. Je me suis fait un devoir de relire le chapitre qu'il m'a confié, et il n'y a pas de doute, Tristan a un joli brin de plume. Le ton est bien trouvé, léger mais pas trop, pour ne pas déconsidérer le sérieux du propos.

Il semble sincèrement heureux de mes compliments, et il adore la formule que j'ai trouvée pour le sous-titre : « Le dé-management : diriger moins pour avancer plus, la science de l'encadrement raisonné dans le business international ».

—J'étais bloqué sur « théorie », mais « science », c'est beaucoup plus puissant.

Il aime aussi l'ajout du mot « international » parce que c'est le *big business* qu'il vise.

Nos plats mettent trois plombes à arriver, mais il est très compréhensif avec notre serveuse, fort malmenée par les autres clients. D'après lui, ça n'est pas sa faute, c'est en cuisine que ça lambine. Il me raconte qu'il a financé ses études en servant dans des restos, et je commence à le trouver plus sympathique, à comprendre un peu mieux ce qu'Edie lui trouve. Ça ne dure pas : il a autre chose à me dire. C'est un type très direct, mais, là, je trouve qu'il y va quand même un peu fort.

— Si tu la baises, je te vire.

— Pardon ?

— Tu m'as bien entendu. Je te parle d'Edie.

— C'est stipulé dans mon contrat ? Je n'ai pas dû bien lire les petits caractères, alors.

Ma blague est accueillie avec un sourire crispé.

— Ne fais pas l'innocent. Je sais que tu sais pour nous deux.

Et moi, je sais qu'il bluffe, parce que Edie m'a assuré ce matin qu'elle ne lui avait rien dit.

— Maintenant, en tout cas, je suis au courant.

— Tu le savais déjà. Soit elle l'a laissé échapper pendant le week-end, soit tu lui as soutiré l'information d'une façon ou d'une autre, peu importe. Ce qui compte, c'est que je ne plaisante pas.

— Tristan, je n'ai aucune envie de coucher avec elle.

— Tu serais bien le seul. Tout le monde a envie de coucher avec elle.

— Sûrement pas Patrick.

J'ai déjà été plus drôle, et il ne fait même pas l'effort de sourire.

— Ça ne m'amuse pas. Ce qu'on a donné d'une main, on peut le reprendre de l'autre.

— C'est Ralph qui décide.

— Plus pour longtemps.

— Ah bon ?

Tristan prend le temps de savourer une gorgée de café.

— Mettons qu'Indology est promise à un grand destin, mais pas nécessairement avec Ralph.

— C'est-à-dire ?

— C'est-à-dire que c'est confidentiel. Pas un mot, c'est compris ?

J'ai sous-estimé son orgueil et son amour du pouvoir. Il a faim, et il ne veut pas seulement bouffer les autres pour ne pas se faire bouffer lui-même, c'est un ogre ! S'il me restait quelques doutes, ils sont balayés quand il me livre son analyse de la structure de l'agence – obsolète, d'après lui –, et ce qu'il envisage – un organigramme simplifié, moins rigide, une organisation sur un mode coopératif dans laquelle les principaux collaborateurs auraient des parts. Pendant qu'il continue sur ce thème, je me demande s'il a fait la même proposition à Edie : viens, vole avec moi vers les étoiles – oh ! et attends, mettons-nous-en plein les poches au passage.

Il n'a absolument pas oublié que c'est moi qui invite. Dès que j'ai demandé l'addition, je file aux toilettes. Je n'ai aucun besoin d'y aller, mais il me faut cinq minutes loin de ses regards pour envoyer vite fait un texto à Edie : *Attention ! Il sait que je sais*.

En bas, Tristan attend ma réponse. Il ne m'a pas mis explicitement le marché en main, mais il est clair qu'il veut faire passer ses menaces avec quelques belles promesses. Mieux : il achète mon silence à propos de lui et Edie tout en s'assurant mon soutien contre Ralph. Son outrecuidance me sidère. Est-ce que ça ne le dérange pas que je sache qu'il est infidèle à sa femme ? Apparemment pas tant que ça lui permet de me rallier à sa cause. Se moque-t-il vraiment de ce qu'on va penser de ses méthodes dans la profession s'il se débarrasse de Ralph par des moyens aussi odieux ? Oui, absolument, du moment qu'il réussit son petit coup d'État. C'est impressionnant de voir à l'œuvre un type aux dents aussi longues. Là c'est vraiment… des crocs énormes.

Je suis presque vexé qu'il m'ait aussi mal cerné. Bien sûr, il ne peut pas savoir que je suis déçu par la pub et que je cherche un moyen d'en sortir, mais ça ne l'a pas effleuré un instant que je pourrais avoir des principes qui m'empêcheraient de le suivre. Cela mis à part, ce qui me déplaît foncièrement, c'est que, s'il est prêt à me détruire, cela signifie qu'il est aussi prêt à détruire Edie dans la foulée. Ça, je ne le tolérerai pas.

En retournant à la table, je jette un coup d'œil à l'addition qui est arrivée entre-temps.

— OK, je dis. Tu peux compter sur moi.

— Je n'en attendais pas moins de toi, mon grand.

Il me fait un immense sourire et j'ai envie de lui éclater sa belle rangée de dents toutes blanches.

Edie n'est nulle part à l'horizon quand je rentre à l'agence avec Tristan. Elle est sortie avec Anna pour emmener Doggo en promenade. Notre coursier sur pattes a enrichi son vocabulaire de quelques nouveaux noms, en conséquence de quoi il a gagné une récompense. C'est Josh qui me l'apprend en m'interceptant au moment où je passe par le département artistique.

— En revanche, il y a un truc bizarre, il connaît le nom de Megan, mais il ne veut rien lui apporter.

— Ça alors, comme c'est bizarre, ricane Eric derrière sa planche à dessin.

Josh s'est lancé dans la réalisation d'une bande dessinée dont je lui ai parlé la semaine dernière. Ça n'a rien à voir avec le boulot, c'est juste une vieille idée qui me travaille depuis un moment.

— Josh, mais c'est génial !

— Non… il manque quelque chose.

Josh n'est pas un artiste raté qui s'est rabattu sur la pub faute de mieux. Il est très doué, mais il a compris (avec raison) que la seule façon d'obtenir un prêt à la banque, c'est d'avoir un emploi salarié. Son truc, c'est la peinture à l'huile abstraite, mais il est aussi excellent caricaturiste, comme je m'en suis aperçu en voyant ce qu'il griffonne sur son calepin pendant les réunions.

Il a réussi à traduire mon idée en trois vignettes très drôles. La première montre un bébé dans sa chaise haute, encadré par ses parents qui le nourrissent. Le bébé essaie de parler :

— M-m-m-m…

La mère enchantée s'exclame :

— Son premier mot ! Il va dire maman !

Dans la deuxième case, le bébé bégaie :

— a-a-a-a…

C'est au tour du père de s'extasier.

— Non, il va dire papa !

Dans la troisième et dernière case, le bébé y arrive enfin :

— McDonald's !

Je félicite encore Josh.

— Non, tout y est, c'est parfait.

Il a croqué des détails hilarants : les postillons de nourriture qui jaillissent de la bouche du bébé dans la dernière vignette, l'exaltation sur son visage et la monstrueuse déception de ses parents, le tout en trois coups de crayon. Eric est d'avis qu'il faut l'envoyer à un journal ou à un magazine, pourquoi pas satirique comme *Private Eye*. Josh est contre, pas par

180

principe, mais parce qu'il n'en est pas encore satisfait. Il préfère attendre d'avoir trouvé exactement le ton qu'il cherche.

Les filles ont offert à Doggo un soin complet, shampooing, coupe et brushing dans un salon de toilettage près de Charlotte Street. Il n'a jamais été aussi beau, et il le sait. Dès son retour, il fait le tour de l'agence en paradant, tête haute, récoltant fièrement les compliments. J'ai un pincement au cœur. Je suis heureux qu'il ait gagné l'affection d'autant de gens ces dernières semaines, mais je ne peux pas m'empêcher de penser que notre relation commence à en souffrir. Il ne veut même plus se rouler avec moi sur le canapé comme d'habitude, probablement parce qu'il a peur que je le décoiffe. Mais son impatience à mon égard n'est rien à côté de la fureur d'Edie, qu'elle laisse éclater dès l'instant où nous nous retrouvons seuls.

— Je n'y crois pas ! Je ne sais pas comment tu as pu lui dire que tu étais au courant !

Elle parle évidemment du texto que j'ai envoyé du restaurant et de sa liaison avec Tristan.

— Ça n'est pas moi qui le lui ai dit.

— Moi non plus, tu penses bien, merde !

— Edie, du calme. Dans ce cas, il a deviné tout seul. Je ne sais pas comment, mais il l'a appris. De toute façon, ça n'a pas l'air de le perturber plus que ça.

— Tu parles ! Il ne veut surtout pas que ça se sache. Ça le rend complètement parano.

— Bon, mais il n'a pas besoin de s'inquiéter. Et toi non plus. Je ne dirai rien à personne.

Elle se laisse tomber dans son fauteuil avec un soupir.

181

— C'est superdur pour moi que tu le saches. Tu ne vas plus arrêter de me surveiller maintenant.

— Tu n'avais qu'à pas me le dire.

— Je ne voulais pas ! Tu m'as forcée.

— Pas tant que ça. Tu aurais pu nier avec un peu plus de conviction.

— C'est vrai… Je ne dois plus savoir y faire.

Chapitre 18

Je menais ma petite vie, tranquille, quand Ralph a surgi et m'a demandé de le suivre. Le bureau de Megan et Seth n'est qu'à deux pas du mien, et la raison de la colère muette de Ralph m'apparaît en entrant, en 3 D et en couleur.

On ne voit que ça sur le tapis, pile devant le bureau de Megan.

— Mais qu'est-ce que c'est que ça ? je dis en me baissant pour examiner la chose.

— Une crotte de chien, jette Megan, retranchée dans son fauteuil, en me fusillant du regard.

— Tu es sûre ?

— Quoi, tu crois que c'est Seth qui a chié par terre ?

Je jette un coup d'œil interrogateur à Seth qui lève les mains en signe d'innocence. Je cuisine un peu Megan.

— C'est arrivé quand ?

— Ça nous attendait quand on est rentrés de la réunion chez Marks & Spencer.

— Je croyais que c'était Clive et Connor qui s'occupaient de M & S.

Ralph s'en mêle.

— Ne change pas de sujet, Dan. Ce genre d'incident est tout à fait inacceptable.

— C'est une infraction à la réglementation sanitaire, bêle Megan. Dieu sait combien de microbes mortels il y a là-dedans.

Je ne peux pas m'empêcher de rire.

— Mortel, rien que ça !

— Va voir sur Google si tu ne me crois pas.

— Et toi, tu l'as googlé avant ou après être allée rapporter au directeur ?

— Ne m'insulte pas !

Megan cherche du regard un appui auprès de Ralph, qui le lui apporte aussitôt.

— Je veux te parler dans mon bureau, Dan ! Tout de suite. Tu as cinq minutes pour nettoyer ça.

J'ai toujours dans ma poche arrière quelques sacs en plastique au cas où. Je m'accroupis pour m'acquitter de ma tâche, et là je m'aperçois qu'il y a quelque chose qui cloche. Avec le temps, je suis devenu plutôt intime avec la merde de Doggo, et même si ses offrandes ont changé de couleur et de texture depuis quelque temps à cause des douceurs dont on le bourre à l'agence, il n'y a pratiquement aucune variation dans la consistance de base : ses crottes sont denses et plutôt sèches. Il y a beaucoup trop d'humidité dans le petit monticule qui se trouve devant moi. C'est suspect.

Megan s'impatiente.

— Bon, qu'est-ce que t'attends ?

Elle a beau prendre une mine totalement dégoûtée, une lueur de triomphe amusé brille au fond de ses prunelles.

Elle n'a pas osé! Non! Si! Comment a-t-elle pu se débrouiller pour la transporter jusqu'ici sans l'endommager? La crotte est parfaite et semble avoir été déposée à l'instant. La réponse me vient quand ma main, gantée par le sac retourné, se referme sur l'objet du délit. C'est froid. Beaucoup trop froid. Bien en dessous de la température ambiante.

Je suis désarçonné par l'intransigeance de Ralph.

— Ce chien ne va pas pouvoir rester.

— Enfin, Ralph, ça n'est pas grave, rien qu'un tout petit incident, ça n'arrivera plus, je t'assure.

— Megan veut qu'il parte.

— Tu m'étonnes.

— Attention à ce que tu vas dire, Dan, n'aggrave pas ton cas.

L'étrange affection que Ralph éprouve pour Megan trouve son origine dans leur longue histoire commune. Megan est la première créative qu'il a recrutée dans la dernière agence qu'il a montée, et j'évite donc de lui dire le fond de ma pensée, c'est-à-dire que c'est moins Doggo qui la dérange que moi, et que cette crotte n'est qu'un prétexte pour me faire des ennuis. Bref, en gros, c'est de moi qu'elle veut se débarrasser.

— Ça ne se reproduira plus.

— C'est une promesse impossible à tenir. Et puis ça n'est pas tout. Techniquement, nous sommes en infraction avec notre bail qui nous interdit d'accueillir des animaux dans les locaux.

— Ça ne posait pas de problème avant.

— Avant, on ne le savait pas.

— Attends que je devine. C'est Megan qui a été fourrer son nez dans le contrat.

— Peu importe qui a vérifié. Le propriétaire serait en droit de nous mettre dehors en gardant la caution. Tu es prêt à payer l'addition si on doit déménager ?

Je commence à bien connaître Ralph. Une fois qu'il a une idée en tête, il n'en démord jamais. Une réelle inquiétude me prend.

— Mais sa présence est positive, il a une influence bénéfique sur l'agence. Les gens l'adorent. Même Margaret l'accepte, maintenant.

— Je sais bien, et c'est justement d'autant plus important qu'il parte tout de suite, avant qu'ils s'y attachent encore plus.

— Tout de suite ?

— À la fin de la semaine.

— Mais c'est demain.

— En effet.

Je tente un dernier argument.

— Je ne peux pas lui faire ça. Il vient à peine de retrouver le moral. Ça va le tuer.

— Dan, tu exagères. C'est un chien, il s'en remettra.

Moi, je sais bien que non. Il sera horriblement déprimé, et moi aussi. Doggo est devenu plus qu'une présence agréable dans ma journée, une diversion amusante, maintenant il fait partie de moi. J'ai envie de dire : « S'il part, je pars aussi », sauf que ça ferait trop plaisir à Megan, et je n'en ai pas fini avec elle, loin de là. Quant à Ralph, je me console en me souvenant de ce que m'a confié Tristan sous le sceau du secret au restaurant l'autre jour, et je me dis : *Tu viens peut-être de signer ton arrêt de mort, vieux salaud.*

Edie est vraiment furieuse quand je la mets au courant. Elle propose d'aller en parler à Tristan (ce qu'elle n'aurait pas pu faire il y a une semaine).

— Ça ne sera peut-être pas nécessaire.

Je lui explique l'hypothèse du coup monté par Megan que je soupçonne d'avoir apporté elle-même la crotte pour faire plonger Doggo.

Edie est médusée.

— C'est pas vrai! On est dans la merde! C'est le cas de le dire…

Nous travaillons tard très ostensiblement, afin d'être les derniers à quitter le département création. C'est Edie qui a l'idée de filmer notre perquisition avec son téléphone.

— Silence, on tourne!

Dans notre petite cuisine, il y a une poubelle à couvercle basculant. Je trouve ce que je cherche planqué tout au fond : une boîte de conservation alimentaire en plastique. Il ne reste pratiquement aucune trace de résidus au fond, mais l'odeur est incontestable. C'est une pièce à conviction qui ne tiendrait pas la route cinq minutes devant un avocat à peu près compétent, mais qui me suffit à confirmer mes soupçons sans le moindre doute possible, en mon âme et conscience. C'est bien là le récipient dans lequel Megan a apporté la crotte congelée à l'agence. Oui, je dis bien congelée. Un bon moyen pour s'assurer que l'arme du crime gardera sa forme originale et toute sa fraîcheur pendant le transport. Je mets des gants en latex (achetés à côté chez John Lewis dans Oxford Street) pour retirer la boîte de la poubelle et la déposer dans un sac de congélation à fermeture hermétique (également trouvé chez John Lewis).

— C'est dans la boîte, commente Edie en baissant son téléphone.

Je me demande un instant si elle a conscience du jeu de mots, mais son sourire éclatant me le confirme.

— Essaie de suivre !

Nous sommes en train de nous diriger tous les trois vers Oxford Circus quand Edie me demande si je suis libre ce soir.

— Parce que je trouve qu'on devrait répéter ce que tu vas dire à Megan demain.

— C'est ma soirée foot. Six contre six sous le Westway.

— Tu joues bien ?

— Pas très.

— Alors tu ne leur manqueras pas si je te propose de te préparer à dîner chez moi.

— Ça m'étonnerait même qu'ils se rendent compte de mon absence.

Faux ! Six contre cinq, c'est nul, mais il faudra bien qu'ils s'en fassent une raison.

Je me trompais : l'appartement d'Edie n'est pas le *nec plus ultra* du chic minimaliste et dépouillé que je croyais. Bien au contraire. Tout est en vrac comme si elle venait de se faire cambrioler. Il y a des vêtements qui traînent partout, et des montagnes de livres empilés par terre. Quand Douglas a pris ses cliques et ses claques, il a aussi embarqué la plupart des rangements – armoire, commode, buffet, biblio-thèques. Ça n'excuse quand même pas ce bazar infernal, et Edie le sait aussi bien que moi. Doggo est au paradis des chiens. Il renifle et il furète dans tous les coins. Je me demande s'il détecte quelques traces du fumet de Tristan.

Edie ouvre une bouteille de bourgogne blanc plus que correct et elle me montre comment on prépare un vrai *risotto alla milanese*.

— Comment tu fais ? Tu gardes en permanence des os à moelle et du bouillon de poulet maison dans ton frigo au cas où ?

— Pourquoi ? Il y a quoi dans le tien ?

— Du lait. Du beurre. Je prends la plupart de mes repas à l'extérieur.

— Avec Doggo ?

— Il y a un superresto pas loin de chez moi, avec une terrasse. Les serveurs le connaissent.

— Toujours en tête à tête avec lui ? Tu n'as pas d'amis ?

Son ton est carrément moqueur.

— Si quand même.

— Raconte.

Et je m'exécute donc, tout en remuant le risotto avec une cuillère en bois pour incorporer le bouillon qu'Edie ajoute peu à peu à la louche. Elle s'intéresse beaucoup à ce que je raconte, un peu trop, même. Quelque chose me dit que ce mitraillage en règle est une diversion pour me faire parler de moi ou de n'importe quoi d'autre pourvu que ce ne soit pas d'elle. Cinq ans d'écart, ça n'est pas énorme, mais, soudain, je me sens beaucoup plus vieux qu'elle. La plupart de mes amis trentenaires ont déjà choisi leurs voies. Ils réussissent, gèrent leurs carrières. C'est Edie qui me fait remarquer la différence. Parmi ses connaissances, personne n'a encore vraiment laissé sa marque. C'est trop tôt.

—Tu vas voir comme ça va changer quand tu remporteras un prix pour la campagne Swosh! aux D & AD Awards l'année prochaine.

—Mais oui, bien sûr, c'est ça…

—Un jour, en tout cas.

—Quel effet ça fait?

—Qui n'a pas envie de récolter quelques lauriers? On ne travaille pas dans l'humanitaire. C'est gratifiant, il faut l'admettre.

Elle perçoit mon hésitation.

—Mais pas tant que ça?

—Un trophée, ça fait joli sur la cheminée, mais ça donne plein de raisons à des gens que tu ne connais même pas de vouloir à tout prix que tu te plantes.

—Qu'ils aillent se faire foutre.

Je souris.

—C'est bien, tu iras loin.

—Avec toi, j'espère.

Sa réflexion me surprend. Aurait-elle détecté mon aversion croissante pour l'industrie qui nous fait vivre?

Je tâte le terrain.

—Je ne vois pas ce qui nous empêcherait de continuer.

—Moi si, très bien.

—Ah bon? Quoi?

Elle répète en m'imitant, comme un perroquet.

—Ah bon? Quoi?

—Edie, qu'est-ce qui te prend?

Elle pose la louche sur le plan de travail et elle me regarde bien en face.

— Tu sais parfaitement de quoi je veux parler. C'est un obstacle entre nous. Ose prétendre le contraire. Dis-moi ce qu'il faut que je fasse.

J'en ai le souffle coupé, j'ai la tête qui tourne. Je ne m'y attendais pas du tout. Ça m'a traversé l'esprit, bien sûr, mais jamais je n'aurais imaginé, même un instant, que…

— Arrête, c'est tout, je finis par dire.

— Tu crois qu'il faut que j'arrête ?

— Oui, tu n'as qu'à lui dire que tout est fini entre vous.

L'ombre qui passe dans son regard me donne le premier indice : je n'ai rien compris, mais alors rien du tout.

Elle me remet sur la voie.

— Je te parlais de Fat Trev. Je pensais… Je ne sais pas ce que je pensais.

Moi si. Elle a peur que je refasse équipe avec mon ancien binôme et, quant à moi, je viens de me prendre les pieds dans le tapis, royalement.

Nous passons sur le malentendu le plus légèrement possible, mais un malaise subsiste, comme une mauvaise odeur dans l'air. Même le dîner n'arrive pas à dissiper notre gêne, alors que c'est pourtant le meilleur risotto que j'aie jamais goûté de ma vie. Doggo a aussi droit à un bol, surmonté d'un supplément d'os à moelle, qu'il engloutit avant d'aboyer aussitôt pour demander du rab. Edie a un cadeau pour lui, mais qu'elle a du mal à localiser.

— Je sais que je l'ai mis quelque part par là.

Elle finit par dénicher son paquet sous le canapé, un envoi cartonné d'Amazon, de faible épaisseur, encore fermé.

— C'est quoi?

— Je pense que ça va lui plaire.

C'est le DVD de *Marley & Moi*, un film avec Owen Wilson et Jennifer Aniston. La photo sur la jaquette montre les deux stars saucissonnées ensemble par une longue laisse tenue dans la gueule d'un petit labrador. Le titre me rappelle vaguement quelque chose, mais Doggo, lui, se met dans tous ses états dès qu'il voit la jaquette. Il galope comme un fou dans la pièce et il fait deux tours complets avant de s'arrêter en freinant des quatre fers devant Edie, la langue pendante.

Elle triomphe.

— C'est bien ce que je pensais!

L'obsession bizarre de Doggo pour Jennifer Aniston s'explique enfin. Il se couche entre nous sur le canapé, le menton sur les pattes, les yeux dévorant l'écran (quand il ne tourne pas la tête pour s'assurer que nous apprécions le film autant que lui). Je dois avouer que ça n'est pas mal du tout. Jennifer est parfaite, et Owen est comme toujours sympathique et éminemment regardable. Quant au film, ça n'est pas exactement la comédie loufoque que laissait espérer l'affiche. Marley est effectivement un incorrigible petit démon qui ronge les meubles et terrorise ses gardes-chiens, mais c'est surtout l'histoire d'un jeune couple qui s'installe ensemble et fonde une famille. Pour ce qui est de la fin, ah, la fin…

— Tu pleures? demande Edie pendant que le générique défile.

— Allergie aux acariens. Ton canapé est rembourré avec quoi?

Il est tard, et c'est l'heure de partir. Edie donne solennellement le DVD à Doggo, qui le garde dans sa gueule en descendant avec nous dans le hall. Elle s'accroupit devant la porte et l'embrasse sur le front.

— Bonne nuit, Doggo. Grande journée, demain.

— Finalement, on n'a même pas parlé de Megan et de ma stratégie.

— J'ai l'impression que tu vas très bien te débrouiller tout seul.

La minuterie s'éteint, et nous nous retrouvons face à face dans la quasi-obscurité. Seule la pâle lueur d'un lampadaire tombe sur nous à travers l'imposte en éventail.

— Bonne nuit, Dan.

— J'espère que tu ne m'en veux pas pour tout à l'heure.

— Ne t'inquiète pas, ça n'est pas grave.

Elle sourit.

— Maintenant, moi aussi, je sais un truc compromettant sur toi.

C'est bien vrai, et j'ai un peu peur que notre relation ne s'en remette jamais. Elle me pose une bise rapide sur la joue et elle ouvre la porte.

— Tu devrais pouvoir trouver un taxi au bout de la rue sans problème.

Il n'y a en effet qu'une ou deux minutes à attendre. Une fois installé sur la banquette arrière, Doggo lâche le DVD dans mes mains et il pose la tête sur mes genoux. Je lui trouve l'air triste. Je peux me tromper, mais j'ai l'impression qu'il en a gros sur la truffe, et qu'il remâche des souvenirs de son ancienne vie.

Je caresse son petit corps compact en me promettant d'appeler le refuge de Battersea dès demain matin.

Chapitre 19

Je me dis que Megan va moins se méfier si la confrontation a lieu sur son territoire, et je charge donc Edie de divertir Seth. La mission n'a rien d'impossible. Vu qu'il en pince pour elle, elle pourrait choisir n'importe quel prétexte, mais elle préfère lui proposer une partie de billard parce qu'il lui doit une revanche.

J'attends que la partie soit bien engagée pour me glisser derrière eux et entrer dans le bureau.

— Megan, il faut qu'on parle.

— De quoi ?

Elle est à son bureau en train de noircir du papier et elle ne lève la tête qu'en entendant la porte se refermer derrière moi.

— Je n'ai rien à te dire.

Je passe outre, je prends une chaise, et je sors de mon sac en plastique un paquet emballé dans un joyeux papier coloré.

— Un petit cadeau pour faire la paix.

— Ça ne changera rien.

— Peut-être, c'est vrai, mais ce qu'il y a là-dedans est à toi de toute façon, alors tu ferais bien de l'ouvrir quand même.

Elle arrache le papier et découvre la boîte en plastique scellée dans sa poche de congélation. Elle fait une drôle de tête, mais elle se remet vite.

— Ouah, merci... un Tupperware.

— Un peu sale, je suis désolé. On s'en est servi pour transporter une crotte de chien.

— T'es complètement malade.

— Et toi, t'es complètement grillée. Prends un avocat.

Un peu mélodramatique, mais efficace. Son air hautain s'efface, et des pensées s'agitent furieusement derrière ses petits yeux bouffis. Elle me jette la boîte dans les mains.

— Je n'ai jamais vu ce truc de ma vie.

— Et quand on trouvera tes empreintes digitales dessus, tu diras quoi?

J'attends un peu pour bien appuyer mon effet, et puis je continue.

— J'ai mis des gants en latex pour le sortir de la poubelle. J'ai une vidéo pour le prouver.

— À quoi tu joues? *NCIS Soho*?

— C'est toi qui as commencé. Je ne fais que suivre le mouvement.

— Va te faire foutre.

J'hésite avant de répondre.

— Tu sais, on peut dire beaucoup de choses de toi, mais, jusqu'à présent, personne ne t'a encore accusée d'être ridicule. Seulement là, quand cette histoire va éclater, tu n'as pas fini de faire marrer toute la profession. Non mais franchement, avoue, piéger un chien avec de la merde congelée!

Je suis impressionné par sa rapidité de réaction.

195

— Oui, mais non, c'est parce que, en fait, quand j'ai trouvé sa merde, je l'ai mise dans mon Tupperware, et puis je me suis dit : «Non mais il ne va pas s'en tirer comme ça, je veux que tout le monde voie que ce chien est dégoûtant», alors j'ai remis la crotte par terre et j'ai jeté la boîte.

— Pas mal… pour un énorme mensonge.

— Tu sais que c'est faux, je sais que c'est faux, mais c'est ça que je vais raconter, et tout le monde me croira.

— Merci, c'est tout ce que je voulais t'entendre dire.

Je remets la boîte dans mon sac en plastique et je me lève.

— Ah, à propos… j'ai tout enregistré…

Je remonte le poignet de ma chemise pour révéler le minimicro collé avec un sparadrap à mon poignet. Ce bidule valait soixante livres chez Spymaster à Portman Square. L'enregistreur numérique qui est dans ma poche m'a, lui, coûté la modique somme de cent vingt livres.

Megan retrouve sa voix et son ton venimeux.

— Mon pauvre, comment peut-on tomber aussi bas ?

— Tu es mal placée pour me faire la leçon.

Je me dirige vers la porte et je me tourne une dernière fois vers elle avant de sortir.

— Si tu veux négocier, je suis dans mon bureau.

Ralph présente sa reculade comme un sursis qu'il m'accorde. Megan, semble-t-il, aurait eu des remords.

— Elle retire sa plainte, si on peut dire.

— Ah bon ?

— Elle dit qu'en fait elle apprécie plutôt la présence de Doggo à l'agence.

— Ah bon?

Ralph plante les coudes sur son bureau et pose son menton sur ses mains pour mieux me scruter.

— Comment as-tu réussi à magouiller ça, Dan? Tu lui as proposé de l'argent? Tu l'as soudoyée pour qu'elle change d'avis?

— Pas du tout.

Il pousse un grognement dubitatif.

— Ça ne règle pas le problème du bail.

— C'est un chien d'assistance émotionnelle. Je pense que c'est une exception qui devrait être acceptée par le loueur.

Ralph éclate de rire.

— T'es malin, toi! Il va falloir que je te surveille de près!

— Ça n'est pas moi que tu devrais surveiller.

Ça le refroidit aussitôt. Moi aussi d'ailleurs. Je n'avais pas prévu ça, c'est sorti tout seul.

— Qu'est-ce que tu veux dire par là?

Edie décrète qu'il faut fêter l'acquittement de Doggo dans les formes. En sortant du travail, on traverse Covent Garden jusqu'à Somerset House où il y a un café avec terrasse sur la Tamise. Nous annexons deux fauteuils tout confort, et Edie commande des verres de champagne pour nous, et une assiette de charcuterie pour Doggo. Elle me demande de lui faire écouter la conversation avec Megan. En entendant ma voix, je suis frappé par mon ton implacable. Est-ce bien moi qui parle? Vraiment moi?

— Dis donc, tu l'as bien eue!

Je ne lui raconte pas que je suis allé ensuite faire subir le même traitement à Tristan.

Ralph est tombé dans un profond silence quand je lui ai appris ce que Tristan m'avait donné à entendre au restaurant, c'est-à-dire que ses jours étaient comptés à la tête d'Indology.

Le premier choc passé, il a marmonné :

— Quelle petite ordure ! Merci, Dan, je m'en souviendrai.

J'aimerais autant qu'il me laisse en dehors de leurs histoires, mais j'ai eu beau lui faire promettre de ne pas m'impliquer, le connaissant, il y a de fortes chances pour qu'il lâche tout dans le feu de l'action. Et puis Tristan n'est pas un imbécile, il va se douter que je suis à l'origine de la fuite. Je ne sais toujours pas très bien ce qui m'a pris. J'étais sans doute encore dans mon rôle de justicier après ma confrontation avec Megan, bouillant d'une ardeur vengeresse. Quelles que soient mes raisons, j'ai ouvert la boîte de Pandore, et, c'est bien connu, après, on ne peut plus refermer le couvercle.

— À Doggo, dit Edie. Longue vie à notre coursier.

Nous trinquons, et je suis prêt à jurer qu'un sourire étire ses babines.

Voilà vingt-quatre heures que je suis rongé par la honte alors que, de son côté, Edie ne semble pas du tout perturbée. On dirait qu'elle a très bien digéré ma déclaration involontaire et elle se conduit comme si de rien n'était, sans doute pour me faire passer ce message : il n'est rien arrivé, la vie continue. Le seul problème, c'est que je ne suis pas sûr de vouloir revenir en arrière.

— Tu sais, je n'ai pas eu l'occasion de te le dire hier soir, mais tu n'as pas de soucis à te faire pour Fat Trev. C'est fini. Je ne travaillerai plus avec lui.

— C'est sûr ?

Je lui raconte ma pénible visite à Trev l'autre soir.

— Il pense que c'est le boulot qui l'a fait disjoncter. Il ne veut plus travailler dans la pub.

— Et s'il change d'avis ?

— J'aurai mon mot à dire, et c'est toi que je veux.

Je réalise avec horreur que je ne pouvais pas choisir tournure moins ambiguë.

— Non ! Attends ! Ça n'est pas du tout ce que je voulais dire !

Elle se moque gentiment de moi.

— Pourtant, c'est exactement ce que tu as dit, hier soir.

— Je ne savais pas ce que je disais. J'étais bourré.

— Tu n'avais pris qu'un seul verre. On préparait le risotto.

— Oui, eh bien, je ne sais pas pourquoi, mais le risotto m'a toujours fait un effet bizarre.

Ce soir, elle a un dîner et moi aussi. C'est la première fois que J et Lily reçoivent depuis qu'ils se sont remis ensemble. Ils organisent une de leurs fameuses fiestas du vendredi soir où tout le monde s'entasse autour de la grande table de réfectoire de leur cuisine. Je dois aussi aller à un rendez-vous au refuge demain matin pour essayer de récupérer des informations sur Doggo. En l'apprenant, Edie me propose de m'accompagner.

— D'accord, viens si tu as le temps. C'est à 11 h 30.

— Je suis libre toute la journée.

Je ne sais pas si c'est une manière de me dire que nous pourrons la passer ensemble. Nous verrons.

J est le roi des cocktails. C'est plus qu'un art, chez lui, ça tient de l'alchimie, ce qui explique pourquoi il appelle un mélange détonant de son invention «La Pierre philosophale» (ou *La Pietra filosofale*, puisqu'il l'a mis au point en Italie pendant l'année qu'il a passée là-bas à glander avant d'aller à la fac). La composition dudit cocktail est un secret jalousement gardé qu'il a juré de ne révéler qu'à son premier-né. En conséquence, la Pierre philosophale se prépare en privé et à l'avance, en général dans une grande coupe en argent, ce qui, techniquement, en fait plutôt un punch – une appellation beaucoup plus adaptée, vu sa force. Le premier verre donne l'impression de se prendre une grande claque dans la figure avec un torchon mouillé. Le deuxième, chose étrange, est doux comme une caresse. J'en suis justement à ce stade quand J frappe dans ses mains pour capter l'attention de la bruyante assemblée qui festoie dans le jardin.

—J'ai une annonce à vous faire.

Il jette un coup d'œil à Lily qui s'est rapprochée de lui.

—Rectification, nous avons tous les deux une annonce à vous faire.

Un murmure d'heureuse impatience monte. Nous nous attendons tous à la même chose.

—Ça n'est un secret pour personne que Lily et moi, nous avons eu des hauts et des bas dans notre relation. On ne peut pas apprendre à faire du vélo sans quelques petits gadins, et c'est de ça que nous voulons vous parler.

Lily lève les yeux au ciel, amusée et tolérante, et il fait un peu durer le suspense avant de continuer.

— De vélos. Quelqu'un ici a attaché le sien à la grille des voisins qui menacent d'appeler les flics pour le faire enlever.

Une protestation générale s'élève. J baisse la tête pour esquiver une saucisse de cocktail que Doggo happe au passage, et Lily a le dernier mot.

— Non, mais sérieusement, vous ne pensiez quand même pas que j'allais dire oui ?

Lily est un vrai cordon-bleu au répertoire varié et ambitieux. Ce soir, elle s'est lancée dans un menu marocain. Elle nous sert un assortiment de hors-d'œuvre exotiques accompagnés d'un pain plat fait maison, puis un tajine, un couscous et des salades apparaissent sur la table. J s'est même arrangé pour dégoter un rouge marocain tout à fait buvable (et un blanc, mais à peine passable). C'est la combinaison gagnante : bonne bouffe, bonne compagnie. Je me rends compte que je suis le seul à table ce soir à ne pas être en couple, même si certaines des moitiés sont absentes, prises par leurs diverses occupations.

Comme je ne me suis pas beaucoup montré depuis un mois, je sais qu'on va me poser des questions sur Clara. D'emblée, je lâche tout : la Nouvelle-Zélande et Wayne, le réalisateur en herbe. La nouvelle fait le tour de la table.

— Non, Dan, mon pauvre !

— Mais il fallait le dire.

— J'y crois pas.

— Moi, dit J, ça ne m'étonne pas du tout.

Je voudrais leur dire que ça va bien et que je ne pense quasiment plus à Clara, mais ils croiront que

201

c'est juste pour faire bonne figure, alors je réponds comme je peux par oui et par non, et finalement, Dieu merci, ils passent à autre chose.

Je veux être le dernier à partir, mais Charlie et Anna ont de l'endurance. Nous avons déjà bu pas mal de whisky quand ils finissent par déclarer forfait en titubant. Je m'attaque à la vaisselle avec J pendant que Lily fait le DJ tout en lançant une balle de tennis à Doggo qui s'en fiche royalement.

— Ne te fatigue pas, il n'est pas fan des balles.

— C'est le premier chien que je rencontre qui n'aime pas jouer à la balle.

— Ce qu'il aime surtout, c'est Jennifer Aniston.

J est consterné.

— Mon pote, là il faut que j'intervienne pour te dire que…

Lily lui coupe la parole.

— Fous-lui la paix.

J ne tient pas compte de l'interruption.

— Ton petit numéro de pépère à son toutou est carrément bizarre. Tu ne le supportais pas quand Clara l'a ramené chez vous, et maintenant qu'elle s'est barrée, tu ne peux plus te passer de lui.

— J, arrête, proteste Lily.

— Non, mais tu fais quoi, là ? Tu le lui gardes en pleurant jusqu'à ce qu'elle revienne ?

— Il n'est plus à elle maintenant, il est à moi.

J se tourne vers Lily.

— Tu vois que c'était urgent d'intervenir. Et surtout, il ajoute en me tendant un saladier à essuyer, ça ne va pas beaucoup t'aider à lever des meufs de te traîner cette sale bête partout avec toi. Encore, si c'était un labrador noir, ou un truc plus classe.

Je connais mon Doggo par cœur, il a la même expression quand il regarde Megan.

—Attention à ce que tu dis, tu vas te faire un ennemi.

—C'est pas vrai…

—Ne l'écoute pas, Doggo, il n'en vaut pas la peine.

Je m'accroupis près de lui pour lui gratouiller le museau.

—Et je connais une fille qui est comme moi et qui te trouve très beau.

—Elle se fout de toi, mon pote.

—Qui est-ce ? me demande Lily, très intéressée. Allez, vas-y, dis-nous, on veut tout savoir.

Je leur parle d'Edie. Je leur raconte pratiquement tout. C'est bien pour ça que je suis resté.

—Doggo, dit Lily, je crois que ton maître est en train de tomber amoureux.

—Mais non, pas du tout.

—Elle te fait de l'effet !

—Je ne sais pas. Juste un peu.

J est une âme simple, au fond. Il est parfaitement en phase avec les instincts de base comme l'attirance sexuelle. Dès l'instant où il voit la photo d'Edie sur mon téléphone, j'obtiens sa bénédiction absolue.

—C'est une bombe. Top du top. Vas-y, fonce.

—J'ai peur de m'être déjà grillé.

Je leur raconte le reste – la gaffe de l'autre soir, Tristan, tout. J'ai besoin de conseils, de leur avis éclairé. Je les écoute se chamailler en essayant gentiment de se mettre d'accord pour une fois. J ne démord pas de l'idée qu'il faut se battre bec et ongles pour avoir une fille qu'on convoite, quitte à l'embarquer de force si la situation l'exige.

—C'est pas l'enlèvement des Sabines, proteste Lily. Ne l'écoute pas, Dan. Reste toi-même.

J ricane.

—Alors là, s'il reste lui-même, il n'a aucune chance !

Le pire, c'est qu'il ne plaisante qu'à moitié.

Chapitre 20

Je comprends mon erreur stratégique à l'instant où nous entrons tous les trois dans le bureau de Beth au refuge pour chiens et chats de Battersea.

— Je vois que vous ne l'avez pas encore fait opérer.

Je n'aurais pas dû emmener Doggo, ou au moins le laisser dehors avec Edie.

— C'est prévu pour bientôt.

Comme Beth n'a pas l'air convaincue, je brode.

— J'ai été complètement débordé depuis que je suis venu la dernière fois. J'ai commencé un nouveau travail. Doggo aussi, d'ailleurs.

Là, je me dis qu'elle va s'attendrir en apprenant qu'il est devenu le coursier de l'agence. Edie entre dans le jeu.

— Il commence même à tweeter.

C'est vrai. Anna, la réceptionniste, lui a ouvert un compte.

J'ai du mal à interpréter l'expression de Beth qui se penche pour considérer Doggo, mais il me semble qu'elle n'est pas tellement attendrie. Elle serait plutôt compatissante – comme si c'était un enfant exploité dans un atelier clandestin asiatique, par exemple.

Elle finit par admettre à contrecœur:

—Il n'a pas l'air de se porter trop mal quand même…

Je suis resté très vague en prenant mon rendez-vous parce que je veux récolter des données personnelles, et que, dans notre culture actuelle d'hyperprotection de la vie privée, je sais que je vais avoir un mal de chien à lui faire lâcher des infos. J'aime autant prendre Beth par surprise, en face à face, et lui soutirer ce que je peux en usant de mon charme. C'était du moins le plan ; malheureusement, tout dans son attitude indique qu'elle ne garde pas le même souvenir ému que moi de notre dernière entrevue.

Elle reste impassible pendant que je lui raconte que la fascination de Doggo pour Jennifer Aniston m'a fait me poser des questions sur son ancienne vie et ses anciens maîtres.

—En fait, je sais seulement qu'il n'a pas été abandonné, mais c'est tout.

Beth a le dossier devant elle.

—Non, en effet, il n'a pas été abandonné. Ses propriétaires sont venus nous le confier.

—Je voudrais bien pouvoir leur parler, ça m'aiderait à mieux le comprendre, demander quelques conseils – savoir ce qu'il aime par exemple. Qui sait, peut-être que ça leur plairait de le suivre sur Twitter, de rester en contact avec lui par ce moyen.

Beth ferme le dossier, et trahit par inadvertance le sexe de la personne qui a laissé Doggo au refuge.

—Je ne sais pas pourquoi il nous a donné Doggo. Malgré ce que vous semblez croire, nous ne soumettons pas les gens à des interrogatoires.

Sa réponse pincée fait sans aucun doute référence à mon allusion pas très fine au régime nazi, lors de ma dernière visite. Bon, je comprends mieux pourquoi elle n'est pas très emballée à l'idée de m'aider. Elle accepte quand même de nous parler un peu.

—Peut-être qu'il ne pouvait plus s'occuper de son chien. Peut-être qu'il avait des soucis d'argent. C'est parfois un crève-cœur pour les maîtres aussi de leur dire au revoir. Nous en voyons, des larmes, croyez-moi. Je ne sais pas s'il voudrait qu'on lui rappelle ce moment douloureux.

—Mais au contraire, intervient Edie, peut-être que ça lui ferait du bien.

—Je ne peux absolument pas vous donner ses coordonnées personnelles, même si je pensais que ça serait une bonne chose. Nos directives sont très strictes sur la protection de l'anonymat. Je suis sûre que vous comprenez.

—Et vous ne pourriez pas lui faire suivre une lettre si on vous en laissait une pour lui?

Beth réfléchit un instant.

—Ça ne serait pas exclu… si de votre côté vous vous engagiez à remplir votre partie du contrat.

Impossible de se tromper, le message est clair : castrez-le, et j'envisagerai de vous renseigner. Heureusement, Edie retrouve l'usage de la parole avant moi.

—Super. Merci. Comme on vous l'a dit, c'est prévu pour bientôt.

Elle me lance un sourire ingénu et un regard qui m'ordonne de me tenir tranquille. Je corrobore.

—Mais oui, c'est tout à fait ça. Merci, Beth.

Je me doute qu'Edie prépare un coup, et j'en ai la confirmation en l'entendant annoncer qu'elle a très envie d'adopter un chien elle aussi. Beth frétille de joie et s'empresse de nous faire les honneurs du chenil. Nous sommes en train de descendre l'escalier quand je reçois un texto d'Edie : *Téléphone-moi à mon signal !*

Un concert d'aboiements et de jappements nous accueille dans le chenil, percé de temps en temps par un hurlement étranglé bizarre. J'ai l'impression que Doggo a effacé de sa mémoire son bref séjour en ces lieux. Il a l'air plus intrigué que perturbé alors que nous avançons entre de hautes cages dont les portes cadenassées retiennent des occupants très agités. Il y a des chiens de toutes les races et de toutes les tailles, et nous en avons déjà examiné un bon paquet quand Edie m'adresse un clin d'œil. J'appelle subrepticement son mobile, et puis je la regarde jouer la comédie avec admiration.

— Maman, salut... Heu, oui, un peu. Je suis occupée, là. Ça ne peut pas attendre ?... Bien sûr que je veux savoir comment il va. Il ne souffre pas trop ?... Attends, une seconde.

Elle appuie son téléphone contre sa poitrine et se tourne vers nous, l'air contrariée.

— Je suis désolée, mais je dois absolument prendre cet appel.

Elle lève les yeux au ciel et murmure à l'attention de Beth :

— Ah ! les mères...

Et elle enchaîne :

— Attends, maman, je vais trouver un endroit plus calme... Oui, des chiens... Des tas de chiens. Je t'expliquerai plus tard. Maintenant, donne-moi de ses nouvelles...

Elle joue tellement bien la comédie que je n'ai aucun mal à reprendre le flambeau dès qu'elle disparaît de notre champ de vision.

— C'est son grand-père. Il est tombé l'autre jour.

Comme je l'avais deviné, Edie en a profité pour remonter regarder dans le dossier de Doggo, que Beth avait laissé sur son bureau. Maintenant, on a un nom – Patrick Ellory – ainsi qu'un numéro de portable. Il faut manœuvrer avec prudence : nous débattons de la stratégie à adopter en traversant Battersea Park, puis le pont. Nous prenons une table au soleil au milieu des petites baraques à l'ancienne du marché de Chelsea.

— Tu aurais dû faire du théâtre.

— Ça ne m'aurait pas déplu. J'ai essayé de m'inscrire au National Youth Theatre pendant ma dernière année de lycée, mais ils n'ont pas voulu de moi.

— Ils ne savent pas ce qu'ils ont raté. Je ne vais plus jamais pouvoir croire un seul mot de ce que tu racontes.

— Là, c'est toi qui vas rater quelque chose, je suis nulle, en fait.

— Je n'avais pas remarqué.

Ça la fait rire.

— Je t'assure. J'ai tout donné, à l'époque, mais je n'étais pas au niveau. Je me débrouillais, seulement je n'arrivais pas à me laisser aller.

Elle avale une gorgée de bière.

— C'est pareil dans mes relations amoureuses, du moins c'est ce que mes mecs m'ont toujours dit.

Je n'ai pas envie de parler de Tristan.

— Trois ans avec Douglas, tu as quand même dû t'impliquer un peu.

— C'était deux ans de trop. Et c'est lui qui l'a dit, pas moi, mais il avait raison. J'ai juste mis un peu longtemps à m'en apercevoir.

J'avais cru comprendre qu'elle avait largué Douglas pour Tristan, mais il semblerait que non, leur relation est morte de sa belle mort.

— À la fin, on était plutôt comme frère et sœur. Ça s'est très bien passé, même quand il s'est mis avec ma meilleure amie.

Notre dilemme est le suivant (et je suis bien content de pouvoir dire que c'est son dilemme autant que le mien maintenant) : nous ne pouvons pas dire la vérité à Patrick Ellory. Si nous attaquons bille en tête, il risque de mal réagir, de refuser de nous parler et d'appeler Battersea pour se plaindre. Edie pense qu'elle devrait lui téléphoner en se faisant passer pour une employée du refuge et lui dire que le nouveau maître de Mikey (je n'arrive toujours pas à me faire à ce nom) voudrait entrer en contact avec lui. Si Ellory accepte, je pourrai lui téléphoner. S'il n'accepte pas, on sera coincés.

Edie l'appelle, mais raccroche en tombant sur sa messagerie. Elle refera une tentative tout à l'heure.

— Il est comment, d'après sa voix ?

— Cultivé. Sympathique. Plutôt âgé.

Soudain, j'ai une idée. Doggo est couché à nos pieds sous la table, à l'ombre.

— Il est où, Patrick ?

Il lève vers moi un regard paresseux sans réagir.

— Patrick !

Toujours rien, pas le plus petit frémissement de reconnaissance.

— C'est bizarre pour un chien qui a une si bonne mémoire des noms, remarque Edie.

Elle me propose d'aller à la salle des ventes de Christie's à South Kensington, à deux pas, pour voir ce qui est exposé.

— La dernière fois, ça a marché.

En effet, c'est en rentrant à l'agence après notre visite à la vente «Impressionnisme et art moderne» qu'on a trouvé pour Swosh!

La vente «Affiches anciennes» n'est pas aussi fantastique, mais une grande partie des lots exposés dans les galeries du rez-de-chaussée sont des affiches françaises, donc concitoyennes du Bosso, le monospace qui nous donne du fil à retordre. Nous ne sommes pas les seuls à patauger. Clive et Connor affirment qu'ils n'y arrivent pas non plus, à moins que leurs disputes homériques (elles empirent de jour en jour) soient montées de toutes pièces pour tromper l'ennemi.

Ralph savait très bien ce qu'il faisait quand il nous a lancé ce brief comme un os à la meute. Malgré ses beaux discours sur l'esprit d'équipe, il nous met en concurrence. Il est clair que la meilleure proposition mercredi remportera le morceau. Megan se la joue perso et a de toute évidence fait jurer le secret à Seth, mais j'ai comme l'impression que nous abordons tous la campagne sous le même angle, à savoir en ne nous intéressant qu'aux bonus emballés dans le hideux papier cadeau : les économies de carburant, les équipements inclus dans la version de base (comme le GPS et le kit mains libres Bluetooth). C'est sûr qu'on en a pour son argent, à condition de ne pas être regardant sur l'esthétique.

Edie et moi, on est très inspirés par certaines de ces vieilles affiches. On adore ces images stylisées d'apéritifs français joliment désuets, de paquebots dotés d'étraves en lame de rasoir, de locomotives qui foncent droit devant, et de stations balnéaires de la Côte d'Azur bordées de palmiers. Le seul problème, c'est que, justement, elles sont la preuve formelle que tout est dans le style et que la forme prime sur le contenu, alors que le contenu est la seule carte logiquement jouable pour promouvoir un monospace aussi peu stylé dans son allure.

C'est Edie qui pointe cette regrettable divergence, et, une fois que nous en avons conscience, nous commençons à nous sentir très mal devant l'élégance sereine et raffinée des affiches qui nous narguent sur les murs. De toute façon, il est temps de partir. Edie a un rendez-vous chez le coiffeur à Marylebone.

Je ne connais aucune femme qui porte les cheveux aussi courts qu'elle, et je m'inquiète.

— Juste pour égaliser, alors ?

— Il faut voir. Tu crois que le plus court pour moi, ça serait quoi ?

— Ripley dans *Alien 3*. Même ça, je pense que tu pourrais te le permettre.

— Pourquoi pas.

Doggo et moi, on l'accompagne jusqu'à la station de South Kensington, où elle tente de nouveau de joindre Patrick Ellory, mais elle tombe encore sur sa messagerie. Elle me promet de m'appeler dès qu'elle lui aura parlé. Au dernier moment, elle me propose de déjeuner le lendemain avec elle et des amis qu'elle doit retrouver à un pub sur le bord de la Tamise près de Richmond. À mon grand regret, je suis contraint de refuser. Je peux difficilement faire faux bond à ma mère qui vient de rentrer d'Espagne pour l'enterrement de Pat Connelly.

— Tu aurais dû me le dire.

— Je ne m'en fais pas. J'ai sans doute mal interprété la réflexion de mon grand-père.

Je vois bien qu'elle pense que j'essaie de faire le brave, mais elle se trompe. Quand maman a appelé jeudi pour me fixer rendez-vous, je n'ai rien entendu de louche dans sa voix qui pourrait indiquer qu'il y aura autre chose au menu qu'un bon rosbif purée.

Chapitre 21

Ma mère est d'une ponctualité maladive. Raison pour laquelle je fais un effort tout particulier pour arriver à l'heure. Du coup, je ne suis pas aussi en retard que d'habitude : douze minutes, je peux difficilement faire mieux. Je note que ce court laps de temps lui a suffi pour descendre pratiquement tout son Bloody Mary.

L'alcool a un peu émoussé sa mauvaise humeur. Elle ne voulait pas déjeuner là, mais le restaurant qu'elle et Nigel préfèrent, celui qui est juste en bas de l'hôtel où ils descendent toujours quand ils sont à Londres, n'accepte pas les chiens.

Elle essaie d'être aimable en voyant Doggo, sans grand succès.

— Il est mieux en vrai.

— Tu peux le caresser, si tu veux.

— Ça ira, merci, chéri.

— Tu n'as rien à craindre. Je l'ai traité contre les puces. Et les vers.

— Vraiment tu as fait ça ? Tout seul ?

Elle a l'air agréablement surprise, et elle lui donne même deux petites tapettes maladroites sur la tête.

— Nigel n'est pas là ?

L'excuse est cousue de fil blanc, un rendez-vous d'affaires qu'il n'aurait pas pu éviter. Voilà qui me met la puce à l'oreille et me fait supposer des choses que je n'ai pas envie de supposer. Je les oublie vite dans le flot de tout ce qu'elle a à me raconter sur la cérémonie pour Pat Connelly qui a lieu le lendemain dans un crématorium du Hertfordshire, où elle s'attend à voir des tas de très anciennes connaissances qu'elle n'a pas forcément très envie de retrouver.

— Papa sera là ?

— Je ne sais pas. Probablement pas. Pat était une de nos rares amies qui a pris mon parti quand il m'a quittée pour se mettre avec la lesbienne.

— Maman, je ne pense pas que Carol soit lesbienne.

— Chéri, tu es trop naïf. Elles sont aussi douées pour se camoufler que les pédérastes.

Dans ce genre de moment, les fossés inter-générationnels prennent des allures de précipices infranchissables.

— Personne ne dit plus « pédéraste » depuis longtemps, maman.

— Bon, alors choisis le mot que tu voudras. Je crois que je vais prendre des huîtres pour commencer.

Ma mère a toujours bien aimé boire un petit verre de vin – le bruit d'un bouchon qui pète sur les coups de 18 heures est un de mes souvenirs d'enfance –, mais, là, elle descend le saint-véran comme si c'était de l'eau. Quand je lui conseille de ralentir, elle me rétorque que c'est ce qu'elle essaie de faire, réponse assez obscure, mais qui me confirme, soudain, que quelque chose se trame. Je n'ai que deux secondes à attendre pour que tout devienne parfaitement clair.

— Je t'ai menti, pour papi.

— Comment ça, pour papi ?

— Tu sais très bien ce que je veux dire.

— Un petit indice ?

Son regard me fuit.

— À propos de ce qu'il t'a dit. Oh, merde, tout ça, c'est la faute de Nigel.

— Qu'est-ce que Nigel vient faire là-dedans ?

— Il trouve que tu as le droit de savoir. Mais il se trompe. Rien de bon ne peut sortir de tout ça, et, maintenant, j'en ai trop dit…

Elle essuie les larmes qui débordent de ses yeux avec sa serviette.

Je me sens engourdi et en même temps je garde toute ma vivacité d'esprit, comme si j'avais plongé dans un lac glacé. Je tends la main instinctivement vers Doggo qui est couché à mes pieds, et la sensation de sa langue râpeuse sur le dos de ma main me réconforte. Même si je savais quoi dire, je ne suis pas sûr que j'arriverais à parler. Je vois que maman a du mal elle aussi.

— Je suis désolée, mon poussin, parvient-elle à lâcher enfin d'une voix étranglée.

— Qui est-ce ?

— Je ne peux pas te le dire. C'est difficile. Parce qu'il n'est pas au courant.

— Pas au courant… de… ?

— Que tu es son fils. Il faut que je lui parle d'abord. J'aurais dû le faire avant de t'en parler. C'est ce que j'avais prévu au départ, mais quand je t'ai vu, là… c'est sorti tout seul.

— Maman, tu ne peux pas me laisser comme ça sans rien me dire d'autre.

Alors elle entre dans les détails, d'un ton calme. Et sa dignité contraste avec l'histoire scandaleuse qu'elle me raconte. Il semblerait donc que, à la fin des années soixante-dix et au début des années quatre-vingt, tout le monde couchait avec tout le monde à l'université d'East Anglia. Je suis surpris d'apprendre que papa (enfin… papa…), qui se posait en grand moraliste bien au-dessus de ces contingences, a allégrement croqué le fruit défendu – dans son cas, les cohortes d'étudiantes qui tombaient amoureuses de lui. Maman était censée tolérer ses nombreux écarts – la possessivité étant une construction idéologique bourgeoise, n'est-ce pas? – et même prouver qu'elle était libérée en ayant des aventures de son côté. Elle a essayé une ou deux fois avant la naissance d'Emma, mais sans grande conviction, presque par obligation, en espérant provoquer chez papa (encore ce mot) un sursaut de honte ou de jalousie. Ensuite, après la naissance d'Emma, elle a refait une tentative, mais cette fois pas parce qu'elle s'en sentait le devoir, mais parce qu'elle en avait envie.

— Il était très charmant, jeune, doux, très beau. Et tellement drôle.

Je vois que les portes du souvenir se sont ouvertes et qu'elle est perdue dans ses pensées. J'essaie de la faire revenir à la réalité.

— Maman…

— Vous avez le même profil. Les hommes qui ont un profil vigoureux sont rarement décevants. Qui a dit ça?

— Je n'en sais rien. Il était jeune… Quel âge?

— Il était en thèse au centre de recherches de climatologie.

— Il est chercheur?

— Plus maintenant. Peut-être à ses heures perdues, je ne sais pas. Il s'est fait un nom dans un domaine complètement différent.

— C'est quelqu'un de bien alors?

— Ça dépend pour qui tu votes.

S'il était à l'université d'East Anglia en 1982, il ne peut être que de gauche, probablement New Labour.

— C'est pas vrai! Ne me dis pas que je suis l'enfant caché de Tony Blair.

Là, elle rit.

— Non.

— C'est qui, alors?

— Je viens de te le dire, pas avant de lui avoir parlé. Tu as attendu jusqu'à aujourd'hui, ça devrait être possible d'attendre encore un peu.

Soudain, je sens une grande colère monter en moi.

— Je n'«attendais» pas, on m'a caché la vérité pendant trente ans, merde! C'est pas tout à fait pareil.

J'ai vaguement conscience que le couple à la table voisine réagit à mon éclat de voix, et que maman me prend la main. Elle me dit d'une voix douce:

— Je veux que tu saches au moins une chose: tu étais un enfant de l'amour. Je savais parfaitement ce que je faisais. Je ne t'ai pas eu par accident. J'ai fait un peu n'importe quoi – c'est vrai, je n'aurais pas dû –, mais je voulais avoir un enfant de lui. Lui aussi, il voulait qu'on fasse un enfant ensemble. Il voulait que je quitte ton père… enfin, que je quitte Michael.

— Pourquoi tu ne l'as pas fait?

Elle hésite, et cherche la réponse au fond de son verre.

— Je ne sais pas. J'ai eu peur, sans doute. Peur de l'empêcher d'avancer. Il était encore très jeune, mais il avait de l'avenir, ça se voyait. Et puis il y avait Emma aussi. Il ne faut pas oublier Emma. Je n'étais pas toute seule dans cette histoire.

— Elle ne se doute de rien?

— Personne ne sait.

— Sauf papi. Et ce fouineur de Nigel.

— C'est grâce à ce fouineur de Nigel, comme tu dis, que nous parlons de tout ça, alors tu seras gentil de montrer un peu plus de respect pour lui. Je sais que tu ne l'apprécies pas beaucoup, mais c'est un type bien, et ça ne se bouscule pas, crois-moi.

— Pardon, excuse-moi.

— Tu es tout excusé, mais j'imagine que, de ton côté, tu vas avoir plus de mal. C'est normal. J'espère que tu me pardonneras un jour.

Je suis en état de choc, je ne sais plus où j'en suis, mais je sais aussi que je n'ai jamais entendu ma mère me parler avec autant d'émotion et de sincérité. Son visage n'est plus le même. J'ai l'impression que ce mensonge l'a masqué comme un voile pendant toutes ces années, et que je ne peux la voir telle qu'elle est réellement que maintenant.

«Tout va bien, RAS. Je me sens un peu con.»

C'est en gros la teneur du texto que j'ai envoyé à Edie. J'ai promis de la tenir au courant, mais je n'arrive pas à lui dire la vérité. Elle va vouloir décortiquer la situation, même peut-être qu'on se voie après son déjeuner à Richmond, alors que moi j'ai seulement envie de marcher pour sentir le bon sol ferme sous mes pieds, parce que ça, au moins, c'est solide, c'est fiable.

La réponse d'Edie arrive au moment où Doggo et moi on entre dans Hyde Park par Speakers' Corner.

Bien pour toi mais dommage pour ma mère qui espérait autre chose ! X

Comme je ne sais vraiment pas quoi répondre, je me laisse distraire par les excentriques de tout poil, illuminés religieux et autres doux dingues, qui se rassemblent ici pour rameuter les foules, perchés sur des caisses et des escabeaux. JFK aurait-il en fait été supprimé parce qu'il allait révéler qu'une soucoupe volante s'était écrasée à Roswell ? Les preuves sont un peu légères. Dans le lot, celui que je préfère est un jeune homme fort éloquent qui proclame savoir de haute autorité que Simon Cowell de « X Factor » vient d'être recruté dans le Nouvel Ordre mondial, une sinistre cabale regroupant francs-maçons, *illuminati*, Juifs, jésuites, grands financiers et autres dangereux personnages qui dirigent le monde, tapis dans l'ombre, depuis des siècles. Il arrive même à intégrer le 11-Septembre et le réchauffement climatique dans le grand complot international.

Il y a quelque chose d'assez réconfortant dans ce pot-pourri de théories conspirationnistes. Pour les grands paranoïaques, n'importe quoi peut sembler crédible. Encore mieux, ma propre histoire, et surtout le dernier coup de théâtre, me semble d'une banalité prodigieuse par comparaison.

Je suis en train de faire le tour de la Serpentine avec Doggo quand je suis pris d'un soudain besoin de m'allonger. Étendu sur le dos à l'ombre d'un grand chêne, je cherche des formes intéressantes dans le feuillage et les branches au-dessus de moi. Mais Doggo n'est pas d'accord. Il me pousse avec le museau et il cabriole autour de moi. C'est une première. Serait-il en train de me demander de jouer avec lui? Il doit probablement sentir que je broie du noir, et il veut m'obliger à me secouer. Dans ce cas, c'est raté.

— Excusez-moi. Il est à vous, ce chien?

Au début, je ne comprends même pas. Il me faut un moment pour émerger et voir une femme à cheveux longs, auburn, qui me toise de toute sa hauteur. Elle n'a pas l'air contente. Je fais un gros effort pour m'asseoir.

— Quoi, qu'est-ce qu'il y a?

— Ce chien, là, il est à vous? Il a volé notre balle.

Je suis son doigt, et je vois deux petites filles accompagnées d'un terrier gallois, et un type (sans doute leur père) qui se rapproche à pas lents de Doggo. Le gredin a, en effet, une balle de tennis dans la gueule.

— Voilà, bon chien, bon chien, dit l'homme. Allez, lâche, lâche la baballe.

Doggo s'échappe et se met hors de portée.

— Sale bâtard!

Je passe sur l'insulte – tout juste.

— Ne vous en faites pas, je vais vous la récupérer.

Vite dit. Je finis par persuader Doggo de lâcher la balle, mais au moment où je m'apprête à la ramasser, il s'en empare de nouveau et il file entre mes jambes. Il esquive une tentative de placage par le père qui atterrit sur les genoux. Je me lance à sa poursuite en hurlant:

— Doggo!

Il nous fait tourner en rond pendant un bon moment avant d'accepter, enfin, de rendre son butin.

Mes excuses tombent dans l'oreille d'un sourd.

—Il est mal élevé votre chien, il faut le dresser ! grommelle le père de famille.

Je me tourne vers ses filles.

—On s'est bien amusés, non ?

—Oui ! s'écrient-elles en chœur, ravie, d'avoir vu deux grands bonshommes comme nous ridiculisés par un tout petit chien comme lui.

Je rends la balle détrempée au type.

—Vous voyez, finalement ce n'était pas si terrible.

Doggo ne s'approche de moi qu'une fois qu'ils sont partis. Il avance à petits pas prudents, mais quand je me mets à genoux, il se précipite et il me laisse le prendre dans mes bras.

—Ça va, je vais mieux maintenant. Merci, mon mignon.

Il me lèche la figure et je lui claque un gros baiser bien sonore dans le cou.

Chapitre 22

La BD m'attend sur mon bureau quand j'arrive à l'agence le lundi matin, accompagnée d'un petit mot de Josh : « J'ai bien travaillé ce week-end. »

C'est hilarant ! Il a gardé les trois vignettes de départ – M-m-m-m… a-a-a-a… McDonald's ! –, mais il a ajouté un chien à la table, un chien clairement inspiré de Doggo ! Il a aussi légèrement modifié les expressions des parents pour concentrer l'attention sur la réaction du chien. Son air d'incrédulité désabusée quand le bébé lâche : « McDonald's » est génial de drôlerie. C'est un coup de maître. Le gag fonctionne toujours pour les mêmes raisons, mais maintenant c'est le chien qui est au centre de l'histoire. On en retire l'impression que cette pauvre bête est un grand philosophe, impuissant témoin des déboires du jeune couple branché qu'il a sous sa garde. (Il a ajouté des lunettes de créatif au père, ce qui est une véritable trouvaille.)

Edie adore. Tristan dit qu'il aime, mais seulement du bout des lèvres. Il n'a pas l'air d'aller très fort, et je comprends pourquoi quand il me coince à la machine à café.

— Tu as passé un bon week-end ?

— Pas mauvais, et toi ?

— Qu'est-ce que tu as fait ?

Il n'est pas du genre à me demander des nouvelles de mon week-end. Il sait clairement quelque chose, et il essaie de me tirer les vers du nez. Je lui raconte notre expédition au refuge.

— L'idée venait de qui ?

— De moi.

— D'après Edie, c'est elle qui a voulu y aller.

— C'est moi qui ai pensé à aller au refuge, et elle m'a demandé si elle pouvait m'accompagner. Tristan, je ne vois pas où tu veux en venir.

Il approche, et il se colle à moi pour m'intimider.

— Je veux juste m'assurer qu'on est bien sur la même longueur d'onde.

Il est sûr de lui, convaincu de pouvoir me faire peur. Je cède, en toute lâcheté.

— Compris, je ne fais pas cavalier seul.

La référence à *Top Gun* a l'heur de lui plaire. Il pose la main sur mon épaule pour m'adouber de son royal pardon.

— Ça va, je voulais juste que ce soit clair.

Une ou deux fois pendant le week-end, je me suis demandé si j'avais bien fait de balancer Tristan à Ralph. C'est bien fini, je n'ai plus le moindre regret. J'espère que la mécanique s'est mise en branle et que les ennuis vont bientôt lui tomber dessus. Edie prétend qu'il a des bons côtés, et je veux bien la croire, mais, alors, ils sont bien cachés, et je trouve qu'elle s'abaisse en restant avec lui.

Je ne le lui dis pas exactement en ces termes, mais je lui demande de me tenir au courant de ce qu'elle lui raconte.

— C'est la deuxième fois qu'il me met en garde.

— C'était quand la première?

— Je ne t'ai rien dit sur le moment. C'était pendant mon déjeuner avec lui.

Ça semble l'amuser.

— Il a dit quoi, exactement?

— Tu tiens vraiment à le savoir?

— Oui.

— Si tu la baises, je te vire.

— Quoi? Mot pour mot?

— Un vrai poète…

Elle fait pivoter son fauteuil pour se tourner face à moi.

— Dan, je ne suis pas responsable de ses névroses.

— Je demande juste qu'il me foute la paix. Je n'ai pas envie de le voir débouler chaque fois que je prends un café. C'est trop demander?

— Non.

— Il vaut sans doute mieux qu'on ne se voie plus en dehors du boulot.

— D'accord, répond-elle.

— Rapports strictement professionnels.

— Ça me va.

Malgré les efforts de Doggo, je suis sur les nerfs depuis mon déjeuner d'hier avec ma mère, et Edie n'est pas la première à pâtir de mon irritabilité. Ce matin, par exemple, dans le bus, c'est une dame qui en a fait les frais. Je lui ai proposé ma place, et elle l'a mal pris.

— Pourquoi? Parce que je suis une femme?

— Non, parce que je suis bien élevé. Mais si vous avez envie de rester debout, ça ne nous dérange pas du tout, hein, Doggo?

Il a répondu par un petit jappement.

225

— Il vaut mieux que je ne traduise pas, ai-je lancé.

Au moins, j'ai fait rire les autres passagers.

Patrick Ellory appelle juste après le déjeuner. Je sais que c'est lui parce que Edie se métamorphose soudain en «Annabelle Theakston du refuge pour chiens et chats de Battersea». La substantifique moelle de leur conversation est la suivante : il vient seulement d'avoir notre message parce qu'il était en déplacement à l'étranger jusqu'à ce matin. Il est tout à fait d'accord pour parler de Mikey à son nouveau propriétaire, sauf que Mikey était le chien de sa tante, et donc qu'il ne pourra peut-être pas donner beaucoup de renseignements. Edie a la sagesse de refréner sa curiosité et d'aller à l'essentiel : Annabelle Theakston a sûrement accès dans le dossier à cette information ainsi qu'à beaucoup d'autres.

Elle note le numéro d'Ellory sur un Post-it qu'elle me tend.

— Voilà, tu n'as plus qu'à l'appeler.

J'entends au son de sa voix qu'elle est encore fâchée pour tout à l'heure.

— Je m'en occuperai plus tard.

— Mais je t'en prie, il n'y a pas de quoi.

— Pardon. Merci. Tu as encore parfaitement joué la comédie. Ça fait toujours aussi peur…

Elle hausse les épaules, et elle baisse la voix pour que Doggo ne l'entende pas.

— Je peux me tromper, mais j'ai eu l'impression que la tante est morte.

Nous jetons tous les deux un coup d'œil vers le canapé.

Plus tard, une fois que je suis rentré chez moi, je tape «chiens et deuil» sur Internet pour lancer une recherche. La preuve la plus frappante que le meilleur ami de l'homme souffre de la perte des êtres chers est une vidéo postée sur YouTube, qui montre un husky de Sibérie en train de sangloter comme un être humain sur la tombe de sa maîtresse. Peut-être que Doggo n'a même pas eu droit à ça. Les images du cimetière me rappellent que je dois téléphoner à ma mère.

C'est Nigel qui décroche quand j'appelle leur chambre d'hôtel.

— Salut, Nigel, c'est moi.

La réponse est hésitante.

— Tiens, Daniel…

— Bon, écoute, je te remercie d'avoir persuadé maman de me parler.

— Tu es sûr ?

— Oui, vraiment, merci beaucoup.

— *De nada, amigo.*

Quand ma mère prend la communication, je lui demande comment s'est passé l'enterrement, qui a eu lieu aujourd'hui.

— Tu es déjà allé dans un crématorium ? Pauvre Pat. C'était atroce. C'est une usine. Ça va tellement vite qu'on a à peine le temps de changer la musique entre deux. On peut aller disperser les cendres dans le jardin du souvenir. Des cendres ! Tu parles ! J'ai vu des petits morceaux d'os sur la terre des rosiers !

Elle me demande comment je me sens.

— Perturbé. Ça ne va pas très bien en fait.

— Mais bien sûr, c'est normal. J'espère que j'ai bien fait de te le dire.

— Oui, je crois.

— Tu n'as pas l'air convaincu.

— Et s'il ne voulait pas me voir ?

— C'est une éventualité, mais ça me surprendrait beaucoup.

Qu'elle soit surprise, ça ne serait pas encore trop grave, mais moi, là-dedans ? Je serais étrangement suspendu dans les limbes, pris entre deux pères, ignoré par l'un, qui croit m'avoir engendré, et rejeté par l'autre, qui m'a donné ses gènes. Je ne m'attends évidemment pas à de folles effusions au bout de trente ans. Maman m'a appris qu'il s'était marié et qu'il avait des enfants, et je n'ai aucune intention de créer des tensions dans sa vie de famille. Après tout, il est victime de la situation autant que moi. Jusqu'à hier, nous ne connaissions ni l'un ni l'autre nos existences respectives ; nous étions unis par la même ignorance. Maman ne l'a pas piégé volontairement, mais, comme elle me l'a dit elle-même, elle a pris le risque de tomber enceinte de lui parce qu'elle le voulait bien. Il serait en droit de très mal le prendre.

— J'admire ta grandeur d'âme, dit maman. C'est très gentil de ta part de voir la situation de son point de vue, mais ça ne m'étonne pas de toi. Tu as toujours été attentif aux autres.

Je crois plutôt que je me prépare au pire. Maman s'est renseignée, et elle a appris qu'il était en vacances, mais quand il rentrera, elle le contactera avec tact et diplomatie en respectant sa situation actuelle. J'essaie de lui faciliter la tâche en la rassurant tout de suite : je n'ai pas l'intention de mettre les pieds dans le plat. Par exemple, je ne recherche pas de reconnaissance publique de sa part (et pas non plus une relation clandestine). Tout ce que je demande, c'est l'occasion de rencontrer mon père biologique au moins une fois pour voir de quoi il a l'air. J'ai aussi décidé que personne d'autre ne doit être mis au courant, ni papa, ni Emma.

J'entends de la surprise dans sa voix, mâtinée d'un énorme soulagement.

— Tu es sûr, Danny ? Vraiment ?

— À quoi ça servirait ?

Elle répond sans conviction :

— Par honnêteté, peut-être… ?

— Oui, mais à quel prix ! Je ne me sens pas le courage d'affronter les conséquences, et toi ?

— C'est à toi de décider.

— Oui, c'est vrai… mais je te remercie de me laisser le choix.

J'entends un sanglot et quelques mots étouffés.

— C'est fou, ça !

— Quoi ?

— Je ne sais pas comment tu as fait pour devenir aussi… aussi équilibré.

— Clara appelle ça de l'insensibilité.

— Cette fille est une idiote. Un jour, elle se rendra compte de ce qu'elle a perdu en te quittant.

Chapitre 23

Edie est étonnée.

— Tu ne l'as toujours pas appelé ?

— Je n'ai pas vu passer le temps hier soir. Quand je m'en suis souvenu, il était trop tard.

C'est une façon de présenter les choses. Ma longue conversation avec ma mère s'est terminée vers 21 h 30, à la suite de quoi j'ai pratiquement vidé une bouteille de rioja. Je ne me voyais pas soutenir une conversation avec Patrick Ellory.

— Appelle-le maintenant, dit Edie. J'insiste.

— Ah oui, tu insistes ?

— Allez, viens Doggo, on laisse ce bon à rien téléphoner tranquillement.

Il répond en disant simplement «Ellory», mais le ton est chaleureux, sympathique. J'imagine un Anglais à l'ancienne, sportif et bricoleur. Il est avocat, et il doit aller plaider une affaire dans la journée, mais est tout à fait d'accord pour parler avec moi de sa tante Geraldine, l'ancienne maîtresse de Doggo.

— Elle a toujours été complètement maboule. Elle n'a pas réussi à dégoter un type assez intelligent ou assez fou pour l'épouser.

Elle a passé toute sa vie dans la même maison à Wandsworth, une grande propriété entourée par un jardin luxuriant, où elle a découvert un jour Doggo, tout tremblant, réfugié sous le vieil abri antiaérien qui sert de remise à côté de la serre (comme elle le faisait dans sa jeunesse pendant le Blitz).

— Elle le nourrissait déjà depuis deux semaines quand je l'ai vu pour la première fois, et il avait encore l'air d'être à l'article de la mort. Dieu sait dans quel état il était quand elle l'a trouvé. Ma femme les appelait « le drôle de couple », et c'est vrai qu'ils étaient comiques tous les deux tout seuls dans leur grande vieille bicoque. Ce chien, c'était un peu comme un mari, le seul être au monde qu'elle ait réellement aimé. Je suis content qu'elle ait pu trouver ce bonheur à la fin de sa vie. Vous êtes toujours là ?

— Oui, excusez-moi. C'est très intéressant. Qu'est-il arrivé à votre tante ?

— Une attaque foudroyante.

C'est Doggo qui a alerté les voisins. Quand l'ambulance est arrivée, il a fallu enfoncer la porte parce que tout était bouclé de l'intérieur, ou, du moins, c'est ce qu'on a d'abord cru. Plus tard, on a découvert qu'une lucarne était ouverte, ce qui signifie que Doggo est arrivé à grimper jusque-là pour sortir par le toit en ardoises.

— Je connais bien l'endroit d'où il a sauté, et je vous assure que c'est haut, même avec le buisson d'hortensias qui a sans doute amorti sa chute. C'est obligé, autrement, je ne vois pas comment il aurait pu s'en sortir vivant.

Ellory n'est pas très fier d'avoir apporté Doggo au refuge de Battersea, mais il ne pouvait pas le garder chez lui, où ses deux chats règnent en maîtres.

— Aucun de mes cousins n'en voulait. Tout ce qui les intéresse, c'est de mettre la maison en vente pour récupérer de l'argent. Mais c'est moi qui ai la procuration, et je ne les laisserai pas faire tant qu'elle sera encore en vie.

— Je vous demande pardon?

— C'est une question de principe.

— Je vous comprends, mais… Elle est encore en vie?

— Je ne vous l'avais pas dit?

— Quoi, elle est vivante? s'écrie Edie.

— D'une certaine manière. Je crois que l'expression qu'il a utilisée est «syndrome d'éveil nonrépondant», autrefois appelé «état végétatif».

— Mais elle n'est pas morte.

— Techniquement, non.

Elle jette un coup d'œil à Doggo.

— Alors il n'y a qu'une seule chose à faire, tu es d'accord?…

— Je ne sais pas… Quoi?

— Mais si, tu le sais très bien, menteur.

— Edie, ça ne sert à rien. C'est un légume. Tu ne voudrais pas qu'il garde cette image comme souvenir d'elle?

Elle s'agrippe à mon bras.

— Dan, je sais qu'il faut le faire, je le sens très fort. Fais-moi confiance. On doit y aller.

Évidemment, je vais faire ce qu'elle veut, mais je n'ai pas envie de céder trop vite.

— Je croyais qu'on ne devait plus se voir en dehors du boulot.

Elle me lance un sourire.

— Mais c'est pour le boulot. C'est le coursier de l'agence, tu sais bien.

L'hôpital St. George, à Tooting, est un vaste complexe de bâtiments de brique, très étendu et très laid (et qui, à ce que je vois, a été construit fort à propos juste en face du cimetière de Lambeth).

Je reste dehors avec Doggo pendant qu'Edie part en reconnaissance à l'intérieur. Nous nous doutons bien qu'on ne nous laissera pas entrer au service des accidents vasculaires cérébraux avec un chien, et, en effet, Edie revient m'apprendre que seuls les chiens guides sont acceptés (et seulement dans des conditions particulières), sans aucune exception. Aucun animal n'a le droit d'entrer.

— J'ai eu envie de leur faire remarquer que les petites bêtes qu'ils découpent en morceaux au nom de la recherche médicale sont admises à l'intérieur, mais je me suis abstenue.

— Je ne savais pas que tu militais pour les droits des animaux.

— J'aurais voulu que tu me voies à la fac. Je portais la cagoule et le reste de l'attirail.

Notre plan est simple. On va faire entrer Doggo clandestinement dans mon sac à dos. Il n'y a qu'un seul problème : il n'a aucune intention d'approcher de mon sac à dos, et encore moins de se laisser déposer dedans. Plus j'essaie de le convaincre, plus il se méfie. Il va même jusqu'à gronder et à me mordiller la main pour que je le laisse tranquille. Je lui dis qu'on va aller voir Geraldine, que Geraldine a très envie de le voir, que Geraldine a un énorme sac de Choco Drops pour lui. Il refuse toujours obstinément.

— Il doit être claustrophobe, suggère Edie.

Non, il y a autre chose. Il est prêt à sauter du toit pour la sauver, mais il trouve trop dur de se cacher dans un sac à dos ? Ça n'a pas de sens. Je prends mon portable et j'appelle Patrick Ellory. Je tombe sur sa messagerie.

— Patrick, c'est Daniel. Je suis désolé de vous déranger encore, mais je me demandais si Geraldine avait un autre nom que Mikey connaissait mieux.

Nous nous promenons un peu dans les rues avant de nous installer à la terrasse d'un pub sordide. Une heure plus tard, nous sommes toujours là, et même l'enthousiasme d'Edie est en train de retomber. À contrecœur, elle accepte de renoncer. C'est sur le chemin de la station de métro de Tooting Broadway que Patrick Ellory me rappelle.

— Vous avez absolument raison. Avec lui, elle n'utilisait que son surnom de Zsa Zsa.

— Comme l'actrice ?

— *Moulin-Rouge*, c'était son film préféré.

J'attends qu'on soit revenus dans le parking de l'hôpital pour faire l'essai.

— Doggo ? Elle est où Zsa Zsa ?

Je le vois se raidir, et son regard plonge dans le mien pour s'assurer que nous parlons bien de la même personne.

— Viens, on va voir Zsa Zsa.

Il aboie trois fois, et il tourne sur lui-même comme un derviche. Je m'accroupis près de lui avec mon sac à dos et il saute à l'intérieur tête la première. Après l'avoir remis à l'endroit, je pose un doigt sur mes lèvres.

— Chut !

Ensuite, je ferme la fermeture sur sa petite tête tout excitée.

Nous sommes dans l'ascenseur pour aller au deuxième étage du service Atkinson Morley quand je m'aperçois qu'il est juste 20 heures. L'heure de la fin des visites.

— Du calme, dit Edie. Laisse-moi parlementer.

Mais aucun argument ne pourra nous faire arriver au chevet de Geraldine dans l'unité des accidents vasculaires cérébraux, parce qu'elle a été transférée aux soins intensifs. Lorsque nous y arrivons enfin, Edie m'ordonne d'attendre à l'extérieur. Je parle à Doggo par-dessus mon épaule pour le rassurer et lui dire qu'il n'y en a plus pour longtemps, raison pour laquelle je ne vois les deux brancardiers qui approchent dans le couloir qu'au moment où ils sont sous mon nez. Je leur souris avec un signe de tête.

— Bonsoir.

De toute évidence, ils pensent que je me suis échappé du service psychiatrique.

Edie ressort.

— C'est bon. Alors c'est ma grand-mère, et tu es mon chéri, et on vient d'arriver de Vancouver pour la voir.

— Qu'est-ce qu'on foutait à Vancouver ?

— Je sais pas. Je n'ai pas précisé. Ça m'est venu comme ça.

— On a qu'à dire que c'est là qu'on vit.

— Si tu veux.

— Il paraît que c'est une ville super – au bord de l'eau, la montagne à moins d'une heure pour faire du ski. Je nous y verrais très bien. Ça te branche ?

— Dan, je ne pense pas qu'elle nous posera de questions à ce sujet.

« Elle », c'est l'infirmière responsable de l'étage, une femme grande, l'air sévère, brusque, mais non dépourvue d'humanité. Son badge nous apprend qu'elle s'appelle Lydia. Elle nous conduit tout au bout du service. Je sens Doggo qui s'agite dans mon dos pendant que nous passons devant des patients plongés dans le coma, presque comme s'il sentait la présence de ces personnes qui ne tiennent plus à la vie que par un fil, séparées de la mort uniquement par la batterie de machines dressée autour d'eux. Le bourdonnement sifflant des ventilateurs sert de fond sonore à la symphonie syncopée des bips du monitoring. Le personnel soignant est partout, et je suis en train de me dire qu'il va être impossible de sortir un chien sans se faire repérer quand, par chance, Lydia nous fait entrer dans une chambre individuelle.

— Nous essayons de leur donner un peu d'intimité à la fin, si nous pouvons.

— La fin est proche ? demande Edie.

— Oui, je pense. Mais votre grand-mère se bat pied à pied. Elle n'était pas consciente quand elle est arrivée, mais on apprend à les comprendre au bout d'un moment. Ça se voit à certains signes, ajoute-t-elle en jetant un coup d'œil aux appareils. On lit ça sur nos écrans. Elle ne veut pas lâcher.

Elle nous lance un rapide sourire, étonnamment chaleureux.

— Je vous laisse avec elle.

Geraldine n'a pas l'air d'un être humain. On dirait plutôt un bout de bois flotté rapporté par la mer sur la plage, blanchi par le soleil, usé jusqu'à la moelle, qui ne garde que ses veines et ses nœuds les plus durs. Cette impression est renforcée par le bruit du ventilateur, un rythme doux et régulier de vagues se brisant sur le sable. Si on fait abstraction de la valve en plastique dans sa bouche, et des nombreux tubes, fils et câbles qui la relient aux machines, il est clair qu'elle a été une belle femme.

Je retire mon sac à dos et je le pose au bout du lit pour l'ouvrir. En faisant sortir Doggo, je lui ferme la gueule avec la main pour le museler.

— Chhhuttt.

Il comprend – il comprend tout, ce chien – et, pourtant, quand il la voit allongée là, il ne peut pas s'empêcher de laisser échapper un gémissement tremblant. Il avance à petits pas vers elle sur le lit et il lui lèche plusieurs fois la joue. Après ça, il enfouit le museau dans son cou, juste sous l'oreille droite, et il pousse. Il s'entête, il pousse, il pousse, pour essayer de la faire bouger, l'obliger à reprendre conscience. Je sais qu'il n'y arrivera pas : elle est trop malade. Je me tourne vers Edie qui, voyant mon air catastrophé, secoue la tête. *Non, tu te trompes*, me dit son regard. *Nous n'avons pas eu tort de venir.*

Rendu furieux par son impuissance, Doggo aboie deux fois avant que j'arrive à le calmer et à le faire taire. L'espace d'un instant, j'ai l'espoir qu'on va réussir à s'en tirer, mais, une minute plus tard, la porte s'ouvre. Le regard rapide et inquisiteur de Lydia se pose sur Doggo, couché sur Geraldine.

— Mais qu'est-ce que c'est que ça ? Faites sortir cet animal tout de suite !

— C'était son seul compagnon, dit Edie d'une voix suppliante.

— C'est interdit !

— Il y a des choses plus importantes que le règlement.

Lydia n'a pas l'air du tout d'accord.

— Je vais appeler la sécurité.

Elle jette un dernier coup d'œil à Doggo avant de sortir et, là, elle se fige. Il pose sur elle un regard fixe et sombre, totalement dépourvu d'espoir. Je n'entends pas tout de suite le changement de rythme – mon ouïe n'est pas entraînée à ça –, mais Lydia, elle, ne s'y trompe pas. Elle regarde le moniteur cardiaque. Ça n'est pas un changement brutal, mais une montée lente : 53… 54… 55…

Même Doggo regarde le moniteur maintenant, mais sans doute pour faire comme nous. 58… 59… 60…

C'est Edie qui voit le mouvement.

— Sa main…

Un tressaillement. Quelque chose. Rien. Mais si, ça revient, une sorte de spasme de ses doigts décharnés. Je prends la main, légère et fragile comme un oisillon, et je la pose doucement sur la tête de Doggo.

61… 62… 63… 63… 63…

Je jurerais qu'il pousse un long soupir au moment où l'alarme se déclenche. J'ai juste le temps de voir la ligne plate du moniteur avant que Lydia se précipite pour baisser un interrupteur qui éteint la machine et coupe la sonnerie perçante. Doggo ne semble pas comprendre ce qui vient de se passer tant que le ventilateur marche et que la poitrine creuse se soulève encore sous lui.

Quand la machine s'arrête, nous le regardons tous, couché à plat ventre sur elle, collé, presque aussi immobile. Pendant un terrible instant, j'ai peur qu'il ne la suive volontairement, qu'il s'enfonce sur le même chemin ténébreux. Je le caresse, de la tête à l'échine, et il lève les yeux vers moi.

J'entends Edie pleurer doucement derrière moi, et je ne veux pas me tourner vers elle, parce que je sens que si je la regarde, je vais craquer aussi.

—Je n'ai jamais vu ça, dit Lydia.

La lumière a beau être basse dans la chambre, je vois des larmes briller dans ses yeux. J'accroche son regard.

—Merci.

Au moment de sortir, elle se tourne vers nous.

—Vous êtes qui, en fait?

Mais elle n'attend pas que je lui serve mon petit mensonge, elle fait un mouvement de tête qui signifie : «Ça n'a pas d'importance», et elle s'en va.

Chapitre 24

Je suis obligé de porter Doggo jusqu'à l'appartement d'Edie.

— C'est bizarre, on dirait qu'il est deux fois plus lourd que d'habitude.

C'est pratiquement les premiers mots que je prononce depuis que nous sommes montés dans le taxi. Je ne sais pas ce que le chauffeur a bien pu penser de nous – Edie et moi plongés dans un lugubre silence côte à côte sur la banquette arrière, Doggo couché en travers de nos genoux comme une vieille couverture de pique-nique.

Doggo a le droit de monopoliser le canapé et de manger le steak qu'Edie s'était prévu pour son dîner. Il refuse d'y toucher et comme je meurs de faim, j'en prends un bout pour lui montrer l'exemple.

Edie me réprimande.

— Eh! Laisse-le-lui! Je peux nous préparer quelque chose.

Elle nous fait un soufflé au fromage avec de la salade verte, que nous mangeons aux chandelles, assis à sa petite table ronde.

— Je n'avais jamais vu personne mourir, finit par dire Edie.

—Moi non plus, je réponds en posant ma fourchette sur mon assiette. Je n'ai pas eu l'impression qu'elle mourait, plutôt qu'elle prenait doucement son envol.

—Comme un ballon qu'on lâche dans les airs.

—Comme s'il lui avait juste donné une petite poussée et que ça l'avait libérée.

Edie jette un coup d'œil à Doggo, couché en rond sur le canapé.

—Il vaudrait mieux ne pas le déranger ce soir.

—Tu crois?

—Oui, vous n'avez qu'à rester dormir.

—Je peux me mettre avec lui sur le canapé. Tu as une couverture?

—Non, désolée. Il va falloir que tu dormes avec moi dans le lit.

Elle sourit.

—Je promets de ne pas te toucher.

—Si Tristan apprend ça…

—Je ne lui dirai rien. Et comme ça, on va avoir le temps de travailler notre présentation.

Les événements des dernières heures m'ont complètement fait oublier la réunion de demain avec Ralph et Tristan pour le spot Bosso.

Nous sommes couchés dans le noir, elle en T-shirt et en culotte, moi en caleçon (sans chemise parce que je veux éviter de la froisser pour demain). On en profite pour peaufiner le pitch et on trouve une ou deux petites phrases accrocheuses du genre qui plaira à Tristan. Il n'est pas tard, mais nous sommes exténués, et le sommeil me gagne. Je lutte pour rester éveillé histoire de jouir plus longtemps de cette intimité intense et discrète de nos deux regards tournés vers le même plafond.

— Je suis content que ça fonctionne.

— Quoi ?

— Notre équipe.

— Moi aussi. Toute l'agence t'apprécie. Tu t'es bien intégré au groupe.

— Sauf Megan.

— Oui, c'est vrai, sauf elle.

— Hier, elle m'a demandé de lui donner l'enregistrement.

— Tu as répondu quoi ?

— Que je l'avais effacé.

— Tu le gardes sous le coude au cas où ?

Ce que je lui dis ensuite n'était pas prémédité, c'est sorti tout seul.

— Je t'ai menti à toi aussi… à propos du déjeuner avec ma mère.

Elle tourne la tête vers moi.

— Oh ! Mon pauvre Dan…

— Non, ça va.

Le tremblement dans ma voix suggère que, au contraire, ça ne va pas du tout.

Elle pivote sur le côté pour mieux me voir.

— Qui est-ce ?

Je ne peux pas lui donner de nom puisque je ne le sais pas moi-même, mais je lui raconte tout le reste en répondant comme je peux à ses questions. Une fois que j'ai terminé, elle sort du lit pour aller fermer la porte de la chambre, et puis elle revient se glisser sous la couette.

— Je ne suis pas sûre qu'il puisse supporter d'assister à ça, vu son état.

— Assister à quoi ?

— Tu vas voir…

Elle s'approche de moi et, une seconde plus tard, je sens la douce pression de ses lèvres qui cherchent les miennes.

Chapitre 25

Dieu sait ce que Doggo pense de tout ça. Il m'a vu coucher avec trois femmes différentes en à peine plus d'un mois. Je voudrais pouvoir lui faire comprendre que trois femmes en quatre ans serait une évaluation plus exacte de ma promiscuité sexuelle.

Il va mieux ce matin, mais ça n'est toujours pas la grande forme. Il arrive tout juste à remuer faiblement la queue quand je m'assois sur le canapé à côté de lui. Je ne suis toujours pas convaincu qu'il fallait l'emmener là-bas. C'est sûrement très bien qu'il ait pu dire au revoir à sa chère Zsa Zsa, mais est-ce vraiment une consolation pour un chien ? Il n'est pas certain que les animaux soient en mesure de comprendre toutes les subtilités des étapes du deuil.

Nous sommes tristement assis l'un à côté de l'autre depuis dix minutes quand Edie apparaît dans le couloir, pieds nus, seulement vêtue d'un T-shirt trop court pour la couvrir décemment.

Sa voix est encore chaude de sommeil.

— Bonjour, les garçons.

— Ce que tu es belle...

Je m'interromps, le souffle coupé par un brusque élan de désir.

Elle s'agenouille devant nous et pose un baiser sur la tête de Doggo. Ensuite elle prend mon visage entre ses mains et m'embrasse doucement sur la bouche avant de demander :

— Café ?

— Avec plaisir.

— Toasts ?

— Je ne suis pas fan des toasts.

— Moi si.

Elle est aussi fan des oranges pressées et des mangues bien mûres. Doggo a droit à une boîte de thon écrasé avec du pain ramolli dans du lait. Je suis heureux de voir qu'il a retrouvé son appétit. Malgré ma très petite nuit, je me sens bien. Alors que je devrais être épuisé et avoir un sacré mal de crâne, j'ai l'impression au contraire qu'on a tourné à fond le bouton du volume de mes sensations. Tout en contemplant Edie qui s'affaire dans la cuisine, je me demande si ce spectacle va un jour faire partie de mon quotidien. Vu ce qu'elle m'a dit au petit matin, je caresse quelques espoirs.

— Je n'ai pas couché avec Tristan depuis que je t'ai rencontré.

Moi, complètement groggy :

— Mmmmmm ?

— Je pense que déjà là, dès le tout début, je me suis dit que je pourrais avoir à te dire ça un jour. Voilà, c'est fait.

— Je ne me suis rendu compte de rien.

— C'est parce que je crevais de trouille.

— Pourquoi ?

— J'avais peur de m'emballer. J'avais peur que Clara revienne. Et je voyais bien que tu n'étais pas prêt, ce qui n'est pas étonnant vu ce qu'elle t'a fait. Alors j'ai attendu. Ça n'a pas été trop dur. Au contraire, ça m'a fait du bien. J'ai eu l'impression de me racheter un peu. Pour être franche, je n'ai pas été une sainte jusqu'à présent. Je n'ai eu de doutes qu'une seule fois, après le mariage.

— Qu'est-ce qui s'est passé ?

— Tu as dit à Barbara que tu ne pourrais jamais avoir une relation avec une collègue parce que tu te sentirais étouffer.

— Elle n'était pas censée le répéter. C'est elle qui te l'a dit ?

— Non, elle l'a dit à ma mère. Ce sont de vieilles amies.

— Edie…

Alors elle a posé un doigt sur mes lèvres pour me faire taire.

— Ne te justifie pas, je comprends. Je pense que tu as raison. Je ne suis pas sûre que ça serait facile pour moi non plus. Mais au moins, maintenant, on sait…

— On sait quoi ?

— On sait à côté de quoi on passe en travaillant ensemble.

— Mais j'adore travailler avec toi ! J'adore prendre le bus tous les matins parce que je sais que je vais te voir et que je me demande ce que tu vas porter.

— Tu fais attention à mes vêtements ?

— Bien sûr.

— Tant mieux.

Le temps presse. On prend notre douche séparément. Pour se mettre en condition et s'entraîner à donner le change à l'agence. Edie me propose une chemise que Douglas a oubliée dans la penderie en déménageant, et même si son style ne me correspond pas tout à fait (je ne suis fan ni des rayures ni des surpiqûres), c'est mieux que de débarquer au boulot avec celle de la veille sur le dos. Le genre de détail qui n'échapperait pas à l'œil de lynx de Margaret de la compta.

Comme il n'y a pas d'espace vert près de chez Edie, Doggo fait ses besoins matinaux sur le trottoir, devant la station de métro Pimlico. Je ramasse la crotte dans un sachet que je jette dans la poubelle prévue à cet effet. Edie choisit ce moment précis pour proposer qu'on ne finisse pas le trajet ensemble. Certains de nos collègues vivent de l'autre côté de la Tamise, comme Tristan par exemple, et il arrive à Edie de les rencontrer assez souvent sur la Victoria Line en remontant vers Oxford Circus. Je tente de trouver une autre solution.

— On n'a qu'à sauter dans un bus.

— Bonne idée. Tu peux prendre le 88 à cet arrêt là-bas.

Des hordes de voyageurs fatigués s'engouffrent dans la station devant nous. Je sens qu'il est hors de question que je l'embrasse en public, alors je lui tends la main et je dis d'un ton cérémonieux :

— Un grand merci, ce fut un plaisir.

Elle sourit.

— Un plaisir entièrement partagé.

Chapitre 26

Depuis l'«incident», Megan s'est montrée agréablement discrète, je dirais même effacée. Toutefois, la présentation approchant, elle redevient elle-même : grande gueule, désinhibée et, globalement, insupportable. La brute en elle s'est réveillée, et je pense que ça fait partie de sa stratégie, de nous intimider pour mieux nous écraser. Elle est comme un boxeur qui fait de la provocation à la conférence de presse avant le combat pour déstabiliser l'adversaire et marquer quelques points psychologiques.

La réunion est prévue pour midi, et je ne sais pas si c'est à cause de l'attitude de Megan ou du trac, mais Edie décide de retravailler tous nos story-boards à la dernière minute.

— Les images ne sont pas assez fortes.

— Mais si, Edie, elles sont bien.

— Exactement, c'est ça que je veux dire. Bien, ce n'est pas assez.

Je proteste très mollement. Je ne dis jamais non quand une occasion se présente de m'asseoir à côté d'elle derrière sa planche à dessin, la cuisse contre la sienne, de respirer son odeur pendant qu'elle travaille. Au bout d'une heure, Josh vient nous interrompre. Il est tellement surexcité qu'il arrive à peine à parler.

— Ils ont aimé… La planche… Ils la prennent!

— Qui?

— *Private Eye*.

Et non seulement ils veulent notre BD, mais ils en réclament d'autres. Ils envisagent d'en faire une parution régulière : étude de mœurs d'un couple de trentenaires bien-pensants vus à travers les yeux de leur chien désabusé.

— C'est le chien qui a emporté le morceau. Ils adorent le chien.

Nous nous tournons tous vers Doggo, aplati en travers du canapé, la tête qui pend dans le vide.

— Ça n'a pas l'air d'aller, remarque Josh.

— Lendemains difficiles.

On n'a pas le temps de fêter ça, ni de réfléchir aux conséquences pour Josh, Doggo et moi, mais je sens qu'une porte s'est ouverte. Enfin plutôt une issue de secours.

Quinze minutes avant l'heure fatidique, Tristan passe nous voir pour dire que Ralph n'est pas encore rentré de son rendez-vous et que notre réunion a été repoussée d'une demi-heure. Il me regarde bizarrement, comme s'il était étonné de me voir là, et puis il me demande de venir une minute dans son bureau.

— Ferme la porte. Pose-toi quelque part.

Je m'assois en face de lui pendant qu'il me considère.

— Jolie chemise…

— Merci.

— Où tu as dégoté ça?

Le mensonge vient tout seul.

— C'est Clara qui me l'a offerte.

— Clara, ah bon ? Tu as dû beaucoup souffrir quand elle t'a quitté.

Je lui trouve le regard inquiétant.

— Ça n'a pas été facile.

— Donc tu peux te douter de ce que j'éprouve à cet instant précis. Parce que tu sais, ajoute-t-il en se penchant vers moi, je la connais, cette chemise. Je l'ai déjà vue.

— Où ça ?

— Ne fais pas le con avec moi, Dan. Tu sais très bien où.

Je prends un moment pour évaluer la situation avant de répondre aussi calmement que possible :

— Ça n'est pas ce que tu crois.

— Depuis quand sais-tu ce que je crois, mon pote ?

— Je ne suis pas ton pote, Tristan.

— Non, mais tu aurais pu l'être… tu aurais dû l'être… parce que tu vas pas tarder à découvrir ce que ça fait de m'avoir comme ennemi. Vous allez le sentir passer, tous les deux.

Mieux vaut ne pas lui répondre. Je me contente donc de le regarder fixement en le laissant mariner dans son mépris goguenard. C'est lui qui reprend la parole le premier.

— Quoi, qu'est-ce qu'il y a ?

— Tristan, tu es marié.

— C'est une menace ?

— Je dis seulement que ça ne serait pas de chance si ta femme apprenait la vérité.

Il me scrute longuement.

— Tu ne ferais pas ça. Une femme innocente qui ne t'a rien fait ? Non, je ne crois pas que tu t'abaisserais à ça, pas toi.

Il a raison. Je n'ai aucune envie de briser la vie de cette femme, même si je pense que je lui rendrais service à long terme. Je botte en touche et termine la conversation d'un ton tranquille.

—Bon, c'est terminé? Je peux y aller?

—C'est loin d'être terminé, mais oui, tu peux dégager de mon bureau.

—Merde, dit Edie en faisant les cent pas. Il doit avoir fouillé dans mes affaires pendant que j'avais le dos tourné.

Elle s'arrête pour me regarder.

—Désolée, je ne pensais pas qu'il était du genre à fourrer son nez partout.

J'essaie de chasser l'image écœurante de Tristan à poil en train de fouiner dans la penderie d'Edie pendant qu'elle est sous la douche.

—Ça n'est un problème que si tu veux le récupérer.

Edie s'arrête net.

—Je ne t'ai pas menti, Dan. Je n'ai plus eu envie de lui dès l'instant où je t'ai rencontré.

Elle ne peut pas savoir le bien que ça me fait d'entendre ça.

—Dans ce cas, il n'y a plus qu'à affronter l'orage ensemble.

En voyant son air sombre, j'ajoute pour la rassurer:

—Tu as remporté Swosh! Il ne peut pas t'enlever ça.

—Tu crois?

C'est le moment où je suis censé me comporter comme un gentleman et sortir une réplique bien kitsch du genre: «Moi vivant, il ne touchera pas à un cheveu de ta tête», mais je ne suis pas sûr de pouvoir empêcher Tristan de prendre sa revanche derrière notre dos s'il le veut.

Tristan est tout sourire et une atmosphère de franche camaraderie règne alors que nous entrons les uns après les autres dans la salle de réunion, même si son regard s'attarde sur moi juste le temps qu'il faut pour confirmer la menace. Je n'ai pas remis les pieds dans cette pièce depuis que Tristan et Ralph (ainsi qu'Edie, en fin de compte) m'ont reçu pour mon premier entretien, et je suis sidéré par tout ce qui m'est arrivé depuis quelques semaines. Après des années d'inertie bienheureuse, et pour des raisons que je ne comprends pas bien, ma vie s'est soudain emballée. Et moi, le conducteur, j'appuie de toutes mes forces sur la pédale de frein pour ralentir l'allure, non sans apprécier l'adrénaline, le grand frisson du vent sur mon visage. J'ai l'impression que rien ne pourra plus m'atteindre, du moins pas là où ça fait mal, et il me semble que c'est bien la première fois de ma vie.

Ralph est d'humeur joueuse. Cette réunion a beau être vendue comme une banale séance de brainstorming, il sait très bien que notre «remue-méninges» ne sera rien d'autre qu'une bataille rangée.

— Allez, putain de merde, on crée le débat! Prouvez-moi que je ne vous paie pas à ne rien faire.

Je surinterprète peut-être, mais, normalement, par respect pour Tristan il devrait dire «que *nous* ne vous payons pas à ne rien faire» et pas «que *je* ne vous paie pas à ne rien faire». Je vois au nuage qui passe sur le front de Tristan que la même pensée vient de le traverser.

Clive et Connor sont les premiers à passer. Paradoxalement, les innombrables heures d'engueulades derrière leur porte close ont donné naissance à une approche plutôt sereine. Leur idée pour le spot télé, développée à travers les story-boards de Clive, est accompagnée d'une doucereuse illustration sonore au synthétiseur. C'est l'histoire onirique, et au ralenti, d'un jeune couple (notre cœur de cible) qui se balade en Bosso. Le concept au centre du truc, c'est que le monde extérieur se métamorphose à chacune des interactions du conducteur avec les équipements du monospace. Au moment où les sièges chauffants sont activés, l'hiver cède la place au printemps, le toit décapotable s'ouvre, et, dehors, les feuilles s'épanouissent miraculeusement sur les arbres. Des fleurs blanches tombent doucement, se transformant en flocons de neige quand l'air conditionné est mis en marche. Au choix d'une destination sur l'écran tactile du GPS, ils se trouvent miraculeusement transportés dans un lieu sauvage et magnifique en haut d'une falaise, où les attend le globe grandiose d'un soleil couchant sur la mer, éclairant en contre-jour une flottille de vieux galions toutes voiles dehors. « Bosso, c'est le moment de rêver. »

Pas loin du but, pas mal du tout, pas mal du tout. Ralph nous a demandé d'attendre la fin des présentations pour réagir, alors je me contente de les féliciter d'un mouvement de tête. Megan reste imperturbable. Elle a l'air très sûre d'elle, lorsqu'elle se lève avec Seth pour prendre la parole. Leur approche est diamétralement opposée : une succession frénétique de clichés illustrant les week-ends de dingue d'un couple de jeunes cadres dynamiques et branchés à bord de leur Bosso : ils se réveillent dans leur loft archistylé (décoré à mort ou hommage sympathique aux pubs références des années 1980, comme on préfère) ; ils foncent à Borough Market, où le coffre superspacieux du monospace leur permet d'entasser les provisions, des tartes maison, de gros bouquets ; ils communiquent avec leurs amis via le kit mains libres Bluetooth, tout en naviguant avec brio dans les rues artistiquement délabrées de la jungle urbaine ; ensuite ils arrivent à la campagne, où le GPS les guide jusqu'à leur destination finale : un coin sauvage sur les bords d'une rivière bordée d'arbres. Ils déballent un pique-nique de luxe pour quatre (pas pour deux, on note bien) tout en guettant la rivière. Et là, c'est le dénouement : ils sont sur les rives de la Severn, dont l'estuaire est connu pour la force de ses marées, et leurs amis (un jeune couple tout aussi séduisant qu'eux, bien sûr) arrivent en surfant sur la vague du mascaret. Tous rient, tous s'amusent, puis un dernier plan-grue à la nuit tombante montre le départ des quatre amis dans leur Bosso, les planches de surf attachées aux barres de toit. « Votre Bosso, tout un art de vivre. »

La *baseline* bizarrement plate m'étonne de la part de Seth habituellement plus exigeant, mais quelque chose, une gêne, dans son attitude me fait comprendre qu'il n'a peut-être pas eu son mot à dire, ni pour la réalisation, ni même pour l'idée première. Tristan les félicite d'un bruyant : « Bravo ! » Quoi qu'il pense de notre présentation, je sais qu'il va l'écrabouiller sans pitié.

Nous aussi, on a mis en scène un jeune couple séduisant, sauf que, dans notre scénario, c'est la femme qui conduit (une idée d'Edie). Passage à un plan rapproché des mains de la conductrice sur le volant : « Volant cuir, de série. Il programme la destination sur l'écran : "Navigation tactile, de série." » Elle appuie sur un bouton : « Sièges avant chauffants, de série. » Et ainsi de suite – radar de recul, faible émission de CO_2, économies de carburant, tout de série – jusqu'au plan final où on lit : « Bosso suréquipé. Des bonus dignes de vous. »

Évidemment, Tristan prend l'air atterré. Il se débrouille même pour froncer les sourcils de l'air de celui qui ne comprend pas bien. Ralph lance la discussion en prononçant quelques mots d'encouragement et en nous félicitant tous, même si on le sent plutôt déçu. Tristan s'empresse de clamer que, pour lui, le concept gagnant, c'est celui de Megan et Seth parce qu'il aime son énergie *punchy* et son message *glamour*.

— « Tout un art de vivre » ? maugrée Ralph. Ça n'a pas le même impact que les visuels.

— Peut-être un peu faible, concède Tristan. Qu'est-ce que vous pensez de : « Pourquoi mettre de l'eau dans son vin ? »

Ralph lâche un gros rire et nous prend à témoin.

— Vous en pensez quoi, les enfants ? Associer pinard et bagnole ? Vous croyez que l'ASA laissera passer ça ? Tu sais, l'ASA, il ajoute en se tournant vers Tristan, l'instance de surveillance de la création publicitaire.

Tristan sait parfaitement ce qu'est l'ASA, tout comme il comprend qu'il aurait mieux fait de réfléchir avant de parler. Il fait machine arrière.

— Bon, mais quelque chose dans ce style.

— Il n'y a qu'à dire jus d'orange! s'exclame Ralph. «Pourquoi mettre du jus d'orange dans son eau?»

Une brève pause.

— Nan, ça ne sonne pas aussi bien.

C'est excessivement désagréable, non seulement à cause de son ironie mordante, mais aussi parce que son regard noir est assez terrifiant. Il y a de l'eau dans le gaz, et j'ai l'impression que Tristan ne comprend pas ce qui lui arrive. Moi, en revanche, j'ai ma petite idée sur la question.

Pendant que Tristan fait la tête, Ralph relance la discussion. On n'y est pas. On passe à côté de l'essentiel, mais il n'arrive pas à mettre le doigt dessus. Il est plutôt intéressé par l'approche onirique de Clive et Connor, mais il trouve le résultat trop éthéré, trop vague, pas assez impactant. Et même s'il aime l'ironie de notre phrase – «Des bonus dignes de vous» –, il n'est pas sûr que ce soit très judicieux d'essayer de fourguer une voiture simplement sur l'attrait de ses multiples gadgets. Quant à ce que proposent Megan et Seth, ils ont trop fortement relié le produit à un segment marqué de la population et c'est dangereux parce qu'on risque de s'aliéner une grande partie du public.

— Le danger, c'est que les gens se demandent: «Pourquoi est-ce que je voudrais acheter la même voiture que ces espèces de connards?»

— Quoi? Des connards? répète Megan, comme si elle n'était pas sûre d'avoir bien entendu.

— Peut-être pas de ton point de vue.

Megan a la condescendance facile et elle connaît Ralph depuis longtemps. C'est sans doute pour toutes ces raisons qu'elle se sent en droit de répliquer:

—Ralphy, tu as plus de deux fois l'âge de notre cœur de cible.

—Je ne le sais que trop, Brutus, mais j'arrive encore à repérer un petit con de bobo horripilant quand j'en vois un…

Pas besoin d'être docteur en lettres pour reconnaître l'allusion au *Jules César* de Shakespeare. Le fameux : «Toi aussi, mon fils» de Jules César à l'intention de Brutus. Elle l'a trahi, et il veut lui signifier qu'il le sait.

Je ne pourrais pas dire au juste ce qui fait jaillir l'étincelle – peut-être l'électricité dans l'air, l'agressivité qui menace de tout faire sauter à la moindre provocation –, mais j'ai une vision soudaine du gros type au crâne rasé qui m'a insulté au square l'autre matin perché sur son balcon en brique, et qui m'a traité de «tête de con» et Doggo de «Quasimodo». C'est là que l'idée me vient.

—Excusez-moi une minute, je dis en me levant d'un bond.

On sent un certain soulagement autour de la table, n'importe quelle diversion vaut mieux que ce qui se prépare.

—Qu'est-ce qui se passe? demande Ralph.

—Trente secondes. Je reviens tout de suite. Continuez sans moi.

La dernière chose que je vois en sortant, c'est le regard suppliant que me jette Edie : *Ne me laisse pas seule avec eux.*

Je n'ai pas de mal à trouver Doggo : déprimé comme il est, je l'ai confié à Anna à la réception pour qu'il ait de la compagnie. Elle l'a pris sur ses genoux et elle guide ses pattes sur le clavier de son ordinateur.

— Déjà terminé ?

— Pas tout à fait. J'ai besoin de lui.

— Mais il est en train de tweeter !

— Il finira plus tard.

J'attrape Doggo et je détale.

Je ne suis pas resté parti plus d'une demi-minute, et s'ils ont continué à discuter pendant mon absence, ils sont retombés dans un silence de plomb quand je reviens, Doggo dans les bras. Je le pose au milieu de la table de conférence.

— Qu'est-ce que vous voyez ?

— Un chien qui bouffe nos biscuits, dit Connor.

Un type qui flingue sa carrière, semble dire le sourire crispé de Ralph.

J'enlève l'assiette de petits gâteaux et je la tends à Edie, au grand dépit de Doggo.

— Non, mais en vrai, vous voyez quoi ?

— Doggo, tente Seth.

— Non, ce que vous voyez, c'est un petit chien très laid… peut-être même le corniaud le plus affreux de la création.

— Enfin, peut-être, c'est vite dit, jette Megan avec son inénarrable humour.

— Taisez-vous, s'écrie Ralph, je crois que je vois où il veut en venir !

Je pianote sur le plateau de la table. Doggo vient vers moi. Je lui frotte la tête et je joue avec ses oreilles, pour son plus grand plaisir.

— Moche, mais adorable – je les regarde tous. Clive et Connor ont misé sur l'idée de vendre un peu de rêve. Megan et Seth proposent une certaine façon de vivre. Edie et moi, on a mis en avant tous les gadgets auxquels on a pu penser. Aucun de nous ne parle vraiment de ce monospace parce que nous en avons honte. Mais c'est une erreur. Ralph l'a compris.

— On peut être laid tout en étant très attachant. Tu as quelque chose de plus concret ?

— Rien qu'un jeu de mots qui vient de me venir. J'hésite.

— Vas-y.

— Le Bosso de Notre-Dame.

Seth rit et frappe sur la table.

— Bon sang, mais c'est bien sûr ! Et tellement français en plus !

Pour sa peine, Megan lui décoche un regard venimeux.

— C'est juste une idée qui m'est venue.

— Une idée de merde, grogne Tristan. C'est de la merde.

— Non, c'est courageux, c'est risqué, c'est du pur génie, s'enthousiasme Ralph en se tournant vers Tristan. C'est exactement dans l'esprit de cette agence, que tu le veuilles ou non.

— Ben, moi, je trouve que ça ne le fait pas.

— Ben, moi, je trouve que, toi et moi, on devrait avoir une petite conversation. Tout de suite.

Ralph s'adresse au reste de l'assemblée.

— Allez déjeuner. Non, tiens, prenez le reste de la journée.

Nous nous levons tous.

— Attends, pas toi, Megan, ajoute Ralph. Toi, tu restes.

Depuis que je suis arrivé à Indology, j'ai vu Megan dans beaucoup de situations différentes, mais je ne l'avais encore jamais vue inquiète.

La porte à peine refermée derrière nous, Connor lance avec son gros accent irlandais :

— Est-ce que quelqu'un pourrait m'expliquer ce qui se passe ?

— Pas la moindre idée, je réponds en prenant l'air le plus dégagé possible.

De retour dans notre bureau, je rassure Edie. Tout ça, c'est juste de la politique interne et ça va se tasser. Puis je lui demande ce qu'elle a envie de faire.

— J'ai envie de rentrer.

— D'accord.

— Chez toi.

En quelques heures à peine, la météo semble avoir repris du poil de la bête ; le soleil a dispersé les nuages et un vent chaud souffle maintenant dans les rues de Soho. On prend un taxi pour aller à Dock Kitchen, en haut de Ladbroke Grove. Edie n'y est jamais allée, mais Doggo et moi, on est des habitués, c'est même devenu notre cantine. C'est un ancien entrepôt des docks reconverti, qui donne sur Grand Union Canal et offre à sa clientèle une large terrasse en étage où on peut déjeuner à l'abri de stores blancs. Nous prenons tous les deux du maquereau grillé. Le verre de vin blanc me monte à la tête tout de suite, me rappelant que j'ai à peine dormi de la nuit. Mon lit est à deux pas, et nous n'avons qu'une envie : rentrer nous coucher.

Je crois d'abord que j'ai oublié de fermer à double tour la porte de mon appartement quand je suis parti il y a deux jours, puis j'aperçois une valise dans l'entrée et mon cœur fait une embardée.

Elle est en train de lire ses e-mails au bureau, dans un coin du séjour, mais en nous entendant elle se lève et elle se tourne vers la porte.

—Daniel.

—Clara.

À la façon dont elle s'est habillée et à son maquillage élaboré, il est évident qu'elle s'est mise en frais. Elle est en train de me rejoindre d'un pas rapide quand elle remarque Edie derrière moi. Elle s'arrête net.

—Je te présente Edie. Edie, Clara.

—Enchantée, dit Edie.

Clara baisse les yeux vers Doggo. Elle s'accroupit en roucoulant, bras tendus vers lui.

—Doggo…

Il remue la queue non sans une certaine hésitation et il avance vers elle. Oui, il la reconnaît, mais il a l'air méfiant.

—Bonjour, mon petit bonhomme!

Je le vois lancer un regard inquiet à Edie quand Clara le prend dans ses bras. Elle le serre à l'étouffer.

—Je n'en reviens pas que tu l'aies gardé. Il s'appelle toujours Doggo, ou tu lui as trouvé un nom?

—Bon, eh bien, je vais vous laisser, dit Edie.

Pour toute réponse, Clara lui lance un regard qui dit clairement: «Oui, c'est ça, tire-toi.»

—Prends au moins un café, dis-je faiblement.

—Non, vous avez besoin de discuter, je crois.

—Je te raccompagne en bas.

—Ça n'est pas la peine.

Mais je descends quand même avec elle.

—En voilà une bonne surprise, lance-t-elle tandis que nous descendons l'escalier.

—Je suis désolé.

261

—Elle est belle.

—Edie, tu n'as pas à t'inquiéter.

—Je ne suis pas inquiète. De quoi veux-tu que j'aie peur ? La femme avec qui tu vis depuis quatre ans vient juste de débarquer et elle est fringuée comme une putain de top model.

Elle s'arrête à la porte.

—Elle veut te récupérer, Dan.

—Pas sûr.

Je vois passer une ombre sur son visage.

—Drôle de réponse. Tu es censé dire que tu ne veux plus d'elle.

Je voudrais bien, mais je n'y arrive pas.

—Edie…

Mais elle a déjà descendu les marches du perron, et s'éloigne dans la rue. Clara doit probablement nous observer depuis la fenêtre, et je n'ai pas le courage de me donner en spectacle devant elle.

Je ne suis pas particulièrement surpris par la question que Clara me lance en guise de préambule.

—Elle est un peu jeune pour toi, non ?

—On travaille ensemble. C'est mon binôme à l'agence.

Je ne vois pas pourquoi je me justifie. Je ne lui dois aucune explication.

—Vous travaillez de chez vous aujourd'hui ? Pas assez de bureaux à l'agence ?

—Problèmes internes. On nous a donné l'après-midi de congé.

—Daniel, je suis une femme, je connais les femmes. Ce regard qu'elle avait, ça ne trompe pas. Ça n'est pas grave.

Elle vient vers moi.

— Prends-moi dans tes bras.

Juste une dernière fois, je me dis. Seulement parce que je n'ai pas pu le faire quand elle est partie. J'aurais voulu que ça soit plus désagréable, sauf que c'est comme de mettre un vieux gant, ou une chaussure qu'on a faite à son pied.

— Je suis venue directement de l'aéroport, murmure-t-elle dans mon cou. Je suis désolée, j'ai vraiment fait n'importe quoi.

Elle s'accroche à moi en pleurant doucement.

— Il faut que tu me pardonnes. Je t'en prie, on efface tout.

Quatre ans, ça ne s'oublie pas comme ça ; en comparaison, la souffrance et l'humiliation qu'elle m'a fait subir sont moins durables, non ? J'en suis là de mes réflexions quand je croise le regard de Doggo.

Et c'est peu de dire qu'il me regarde, il plante littéralement ses yeux dans les miens. Son expression est tellement fixe qu'elle est difficile à interpréter, mais son attitude, son corps ramassé, tendu, presque menaçant, donne une assez bonne idée de ce qu'il pense. Je tente un sourire, mais il ne désarme pas. Il reste là, immobile, comme sculpté dans la pierre, ma conscience, mon guide… mon ange gardien.

Comment ai-je pu ne pas le comprendre plus tôt ?

Je me revois en train de me moquer de Clara et de son Kamael, fort de mes certitudes. Je me rappelle Fran, la belle agressive, me faisant la leçon au déjeuner de ma sœur Emma : *Évidemment si tu t'attends à voir des auréoles et des ailes ! C'est peut-être d'autres signes qu'il faut chercher.* Et puis je pense à Zsa Zsa, décharnée dans son lit d'hôpital, acceptant enfin de se laisser partir.

Je relâche doucement Clara et je lui passe les doigts dans les cheveux, mes pouces glissent sous ses yeux pour essuyer ses larmes. Je me sens vidé, purgé de toute rancœur. Je suis libre de l'aimer de nouveau, mais différemment.

— C'est moi, dis-je quand Edie décroche.

— Oui, j'ai vu.

— Je pensais que tu aimerais être tenue au courant.

— Pas particulièrement, vu la façon dont tu t'es comporté.

— Attends, qu'est-ce que j'ai fait de mal, déjà?

— Tu aurais dû la mettre dehors, elle est entrée chez toi par effraction!

— Pas par effraction, elle avait la clé.

— Tu aurais dû faire changer la serrure.

— C'est vrai, tu as raison, mais je ne pensais pas qu'elle reviendrait.

— Et pourtant…

— Bon, maintenant, elle est repartie.

— Où? demande Edie, hésitante.

— Je ne sais pas. Je n'ai pas entendu l'adresse qu'elle a donnée au chauffeur de taxi.

Il y a un bref silence.

— Tu es où?

— Assis devant ta porte avec Doggo, et triste parce que tu n'es pas là.

— Ne bouge pas!

La communication se coupe.

Elle porte un short en jean et un T-shirt Pink Floyd tellement usé qu'il ne peut avoir appartenu qu'à son père. Elle a pleuré, c'est évident.

— Qu'est-ce qui t'est arrivé? me demande-t-elle en me regardant.

Je porte la main à mon visage.

— Ah, ça? Elle m'a donné une gifle.

— Tant mieux, ça m'évitera d'avoir à le faire.

— Vas-y, si ça te soulage. J'ai la joue encore anesthésiée, je ne sentirai rien.

Edie regarde mieux.

— Dis donc, elle ne t'a pas raté. Elle porte une bague au majeur?

— Elle était folle de rage. Elle a même voulu partir avec Doggo en disant que, techniquement, il était toujours à elle.

— Comment tu as fait?

Je baisse les yeux vers Doggo.

— Raconte-lui, toi, ce qui s'est passé.

Il lève des yeux honteux vers nous.

— Non! Il n'a pas fait ça! Il l'a mordue?

— Pas trop fort, juste assez pour qu'elle garde ses distances. Ça n'a pas saigné. Enfin, pas trop.

Edie soulève Doggo dans ses bras.

— Doggo, mon amour, mon héros!

Il lui lèche la figure, heureux comme un roi.

Chapitre 27

Je ne peux pas dire combien de fois je me suis changé depuis qu'Edie m'a réveillé avec un baiser et une tasse de thé. J'ai tenté le costard-cravate (emprunté à J), la veste décontractée (achetée pour l'occasion chez Selfridges) et le pull à col en V. Ensuite il a fallu essayer tout ça avec diverses variantes de chemises à col et cravate, chemises à col sans cravate, et toutes les permutations possibles de T-shirts en dessous. Je me suis finalement arrêté sur un ensemble chemise à col boutonné et pull ras du cou, que je suis vite retourné enlever au moment de sortir de l'appart.

Et me voilà marchant au côté de Doggo, en jean, Clarks vintage en daim et polo bleu marine. «Un banquier tendance hipster en goguette», c'est la description de J. Il faudra bien s'en contenter, parce qu'il m'a poussé hors de chez moi et que je l'ai entendu refermer à double tour. Edie était seule sur le balcon pour me faire des signes d'adieu. J'ai vu bouger ses lèvres, pour dire un truc qui ressemblait bougrement à «je t'aime», même si elle niera probablement plus tard.

J'aurais sans doute dû prendre un taxi, mais ça n'est pas si loin à pied en passant par Holland Park,

266

et j'ai envie de marcher dans le parc. J'imagine que ça n'a pas vraiment d'importance si on arrive avec un quart d'heure de retard.

Avant, je n'allais jamais nulle part à pied. Voilà encore un plaisir que je dois à Doggo. Il adore se balader, et plus que jamais. Il trotte au bout de sa laisse, la truffe en l'air pour ne rien rater du paysage et des bonnes odeurs de la ville. Pour moi, c'est l'occasion de rêvasser ou, comme aujourd'hui, de rassembler mes idées.

Je devrais probablement être plus contrarié par la nouvelle tombée hier : on n'a pas eu la campagne Bosso. D'après Ralph, les clients ont été séduits par mon idée, ils se sont beaucoup tâtés, ils ont failli prendre le risque, et puis, au bout du compte, l'idée de vendre une voiture en se vantant publiquement de son aspect fâcheux, c'était aller un peu loin pour eux. Nous ne savons toujours pas quelle agence a remporté la compétition. Quel que soit le vainqueur, Tristan doit certainement jubiler au fond de sa tanière. Aux dernières nouvelles, il aurait tenté de reprendre son ancien job à *Campaign*, mais sans succès. Je doute que cela le perturbe beaucoup : il est du genre à toujours retomber sur ses pattes, comme un chat. Je ne serais pas surpris d'apprendre que son bouquin est un énorme best-seller et qu'il s'en met plein les poches avec une tournée de conférences. D'une certaine façon, je le lui souhaite. Le connaissant, seul un gros succès atténuera sa soif de vengeance.

Je suis encore pris de quelques légers remords quand je pense au rôle que j'ai joué dans sa déconfiture, mais c'est sans doute parce que Ralph n'arrête pas de me remercier de l'avoir aidé à «déjouer la cabale». Je ne sais pas au juste comment il a utilisé les informations que je lui ai données, mais il a réussi à déconsidérer Tristan auprès du conseil d'administration et à fomenter une contre-révolution pour l'éjecter. Megan, la fidèle de la première heure, a aussi été victime de la purge parce qu'elle avait participé à la conjuration. *Tu quoque…*

Franchement, la grande famille d'Indology est beaucoup plus heureuse sans eux. C'est en tout cas ce que j'ai pu constater avant de partir. Je n'avais pas tellement envie de m'en aller : on n'était pas là depuis si longtemps, Doggo et moi. Du coup, on passe sans arrêt à l'agence, ou Doggo y va sans moi avec Edie. Elle aime bien l'emmener avec elle de temps en temps, histoire qu'Indology retrouve son petit coursier pour une journée. Rien ne lui plaît plus que d'être entouré de sa cour d'admirateurs, ce qui n'est pas sans m'inquiéter, d'ailleurs. Vu ce qui se prépare, il se pourrait qu'il prenne la grosse tête.

La bande dessinée dont il est le héros commence à faire des vagues… Enfin, des vaguelettes, en tout cas. Josh et moi, on a pas mal galéré pour lui chercher un titre, et je suis encore un peu vexé qu'il l'ait trouvé avant moi (après tout, ne suis-je pas censé être l'homme de lettres ?). Elle s'appelle *En attendant Doggo*.

Une bande tous les quinze jours, c'est loin d'être un boulot à plein temps – ce qui vaut mieux pour Josh dans la mesure où il travaille toujours à Indology. De mon côté, quand je ne suis pas occupé à tirer des plans sur la comète, je travaille à mon roman. J'ai décidé de ne m'inquiéter pour l'argent que si le livre ne trouve pas son public. Au pire, Ralph m'a proposé de revenir dès que je le voudrai, à titre de consultant à temps partiel.

En attendant, ça marche très fort pour Edie. Elle s'entend à merveille avec son nouveau concepteur-rédacteur. Seth s'est épanoui depuis qu'on l'a débarrassé de Megan. Il ne se rend même pas compte du poids qu'elle faisait peser sur lui. Après neuf mois enfermé dans un bureau avec elle, il frisait l'effondrement psychologique. Son béguin pour Edie ne m'inquiète plus depuis qu'il s'est mis avec Anna, la réceptionniste.

Doggo s'arrête pour irriguer un jeune arbre en bas de Holland Park. Je ferais bien comme lui, si j'osais. C'est la nervosité. Nous traversons Kensington High Street et nous prenons la petite rue qui mène à Edwardes Square.

Je ne connais pas très bien le quartier : je ne suis venu qu'une ou deux fois par ici pour retrouver des amis dans le pub à l'autre bout de la place, mais je sais exactement où je vais parce que j'ai repéré les lieux sur Google maps avec Street View. C'est une maison de quatre étages, les deux premiers crépis, les deux derniers en brique nue – entourée au niveau du troisième par un balcon qui dessert de longues fenêtres. À la balustrade de fer forgé s'accroche une ancienne glycine (couverte de grappes de fleurs mauves grosses comme des grappes de raisin sur Street View, mais fanée en cette saison).

Je pousse la grille du jardin, je traverse un jardinet dallé et je monte les marches.

Mon cœur bat beaucoup trop fort, c'est ridicule. Je regarde Doggo à mes pieds, et je lui demande :

— Prêt à rencontrer mon vrai père ?

Il a l'air intrigué, même impatient, alors, s'il est partant, moi aussi.

Je pose le doigt sur la sonnette en cuivre.

Achevé d'imprimer par GGP Media GmbH, Pößneck
en avril 2015
pour le compte de France Loisirs,
Paris

N° d'éditeur : 80709
Dépôt légal : avril 2015
Imprimé en Allemagne

Composition :
Soft Office – 5, rue Irène Joliot-Curie – 38320 Eybens